花千樹

AI全解讀

人工智能的基本原理、技術發展、現實應用和未來挑戰

Dr. Jackei Wong 著

序言

「人工智能」（artificial intelligence, AI)是什麼？你可以簡單定義一下，並舉個例子嗎？

當你對著智能手機說：「嘿，設定明天早上七點的鬧鐘。」手機對這命令的處理其實是一個複雜的AI運作過程的簡化表現。你的手機使用語音識別技術來理解命令，這涉及到將你的聲音轉化為可識別的數字訊號，再將這些訊號轉換為文字。這過程不僅需要識別語音的音調和節奏，還需要理解語言中的自然語言模式，這些都是AI技術的核心應用領域。

當你打開手機應用程式並在社交媒體上滑動時，你所看到的內容，不論是廣告、新聞更新，還是朋友的動態等，都是由複雜的AI演算法精心挑選的。這些演算法分析你過去的互動，如點讚、評論或分享的行為，來理解你的興趣和偏好。基於這些數據，AI系統能夠預測你可能喜歡的新內容類型，並將其呈現在你的動態消息中。這不僅展示了AI在數據分析和模式識別方面的能力，也反映了它在影響我們獲取資訊和娛樂方式的角色。

這些例子凸顯了AI技術的隱蔽性，它們在不被察覺的情況下深入我們的日常生活。這種隱蔽性並非代表這些技術簡單或不重要，相反，這特質顯示了AI技術的成熟度和我們對它們的依賴程度。從提供個人化體驗到幫助我們更有效地完成日常任務，AI除了是一項技術創新，它亦已經成為塑造我

們決策、娛樂方式和生活質量的一個不可或缺的部分。

要就這領域進行解說，必先認知我們實際上是在探討一個跨學科的科技領域，而這個領域旨在創建有針對性的機器和軟件系統，從而執行需要人類智慧的任務。AI不只是程式代碼的結合，它更是一種模擬人類智能行為的技術，包括學習、推理、解決問題、知識表達、感知，甚至創造力。

AI的根基可以追溯到哲學、數學、經濟學等多個學科，但它主要的實踐基礎來自電腦科學。AI系統的工作方式受到人腦運作方式的啟發，但並不完全模仿人腦。事實上，AI的發展經歷了從嘗試模仿人類思維的複雜性到專注於實現具體、高效任務處理的轉變。

在AI的發展過程中，學者們提出了各種理論和模型。最初，這些模型側重於符號處理，即是用代表物件和概念的符號進行邏輯推理。然而，隨著時間的推移，AI的研究重點轉向利用數據和統計方法來做預測或模式識別，這就是現代「機器學習」（machine learning）的核心。

AI與人類智慧的主要區別在於兩者處理訊號和學習的方式。人類智慧不僅擁有邏輯推理和學習能力，還包括情感、道德判斷和創造力等方面。而AI目前主要集中於解決特定問題和執行特定任務，尚未達到完全模仿人類的全面智慧水平。

剛開始撰寫這本書時，我的初衷是希望能夠為廣大讀者，特別是那些沒有技術背景的讀者，提供一個全面且易於理解AI的指南。在這個科技快速發展的時代，AI已經從學術

研究的象牙塔走進了我們的日常生活之中，從智能手機的語音助手到推動社交媒體演算法的力量，AI的影響無處不在。因此，了解AI，了解它的運作方式、潛力和挑戰，對於每個人來說都變得越來越重要。

希望這本書能夠成為讀者了解AI的一扇窗口，令讀者對AI有一個全面的認識——從AI的基本定義到其複雜的工作原理，從它在不同領域的應用到它將如何塑造我們的未來。

其實，我心中懷著一個更深層次的盼望，就是讀者看完這本書後，能夠激發每一位對於AI世界的興趣和好奇心。我深信，無論你的專業背景或是對科技的了解程度如何，AI的世界對每個人都是開放的，每個人都有機會從中學習、探索並獲得啟發。

這本書將會帶你走進AI的奇妙世界。從最基本的概念到最前瞻的應用，從日常生活中的小細節到改變世界的大創新，AI的每一面都充滿了驚奇和可能。當你閱讀這本書時，可能會對AI技術背後的深層原理感到好奇，也可能會對它如何影響我們的未來生活感到興奮。希望通過具體的例子和深入淺出的解釋，令你能夠真正感受到學習AI的樂趣和實用性。

AI對於不同行業和社會結構的影響是深遠且多元的。例如，在醫療領域，AI的進步使我們能夠更精準地診斷疾病和制定治療計劃；在金融行業，它幫助我們更好地評估風險和打擊金融欺詐；在教育領域，AI的應用則為個性化學習提供了無限可能等。

我會在書中展示這些應用的實際案例，並探討它們如何影響我們的工作和生活方式。此外，我也會探討AI的未來發展趨勢，包括它怎樣與其他技術如大數據分析、區塊鏈和元宇宙技術相結合，從而為我們的社會帶來新的變革。

當你閱讀關於AI如何改變各行各業的章節時，我希望你能夠思考這些變化對社會的影響，以及我們如何負責任地使用這些強大的工具。同時亦鼓勵你保持一顆開放的心，不只是去理解AI的技術層面，同時亦去探索它在社會和倫理層面的深遠意義。

AI已經成為我們時代的一個關鍵詞，它不僅是未來技術的代名詞，更是塑造我們生活方式的一股強大力量。因此，透過這本書，我希望能夠激發你對AI的興趣並得到啟發，鼓勵你以一種積極、開放的態度去探索這個充滿無限可能的新領域。

Dr. Jackei Wong

Chapter 1 人工智能的起源與歷史

1.1 電腦科學的發展與早期 AI

要探討人工智能(AI)的起源,一切由二十世紀初開始説起。那時電腦科學(computer science)只是在起步階段,一台電腦的體積與一個房間相若,而其運算能力僅與現在的基礎手機相近。即使在電腦科學發展的早期,科學家們已經在思考一個問題:

「我們能否設計出一種機器,可以模仿人類的思考方式?」

電腦科學這個領域的形成,與二次世界大戰有著直接關係。在戰爭期間,科學家們為了解密敵人的通訊訊息,設計出一些初級的運算機器。這些機器雖然體積龐大且功能有限,卻開創了現代電腦科學之先河。

歷史上被認定為第一台真正的電腦機器名為ENIAC (Electronic Numerical Integrator and Computer),它在1946年問世,其主要用途是為了進行數學運算和科學研究。儘管這些初期的電腦無法自我學習或進行複雜的判斷,但它們的出現已經揭示了一種可能性:

「在未來世界,我們的機器將會變得越來越智能化。」

◉ 計算理論和圖靈機模型

計算理論(theory of computation)是電腦科學的基石

之一，它探討計算的本質和邏輯原則。在計算理論中，我們研究計算過程的基本運作方式，並嘗試找出問題的解決方法。它亦提供了一套框架和工具，用於分析和描述不同計算模型的能力和限制。

在二十世紀四十年代末期，英國數學家艾倫・圖靈（Alan Turing）提出了著名的圖靈機（Turing machine）模型，這是一種抽象的計算機模型。形容它為「抽象」，是因為模型所指的並不是一台真實的、物理意義上存在的計算機，而是一種數學上的概念或理論模型。圖靈機由一個無限長的紙帶和一個讀寫頭組成，讀寫頭可以讀取和寫入紙帶上的符號，並根據事先定義的規則執行操作。這個概念性模型旨在證明通用計算機（universal machine）是實質存在，並且能模擬任何可計算問題。

圖靈機這概念在電腦科學和計算理論的發展中具有重要意義，它提供了一個理論基礎，用於研究計算問題的可解性和複雜性。透過圖靈機模型，我們可以分析一個問題是否可以被電腦處理，並估計解決問題所需的計算資源。電腦系統之發展就是建立於圖靈機的基礎之上，電腦科學家利用圖靈機的概念和原則來設計和優化電腦系統的結構及計算方法，以實現更高效、更靈活的計算。

電腦科學的基礎和發展涉及計算理論、圖靈機等概念。計算理論為我們提供對計算本質的理解和分析工具，而圖靈機則為通用計算機概念提供理論基礎。以上兩者奠定了電腦科學和AI的發展基礎，並在設計電腦系

統和解決問題時提供了指導。透過深入了解電腦科學的基礎，我們能更有效地理解AI領域的發展和技術。艾倫・圖靈的通用計算機理論概念，除了成為了現代電腦設計的基礎之外，亦觸發了科學界對於機器是否能思考的辯論，間接地導致科學家們就AI專題展開深入研究。

在五十年代，科學家們開始嘗試建立一種可以模擬人類智能的系統，這是AI的初級階段。它們僅能夠模擬特定的智能行為，並不能理解或感知到它們所執行的任務。然而，這個進行初步嘗試的研究階段，正是為未來AI的發展鋪平道路，這亦與電腦科學的進步密不可分。

早期的AI研究探索了多種方法和技術，包括符號推理（symbolic inference）和知識表述（knowledge representation）等。這些方法和技術旨在令電腦系統能夠以符號的形式進行推理和解決問題。

◉ 符號推理和知識表述

符號推理是早期AI研究的核心方法之一。這種方法基於邏輯和推理原則，利用符號和規則進行推理運算。符號推理的基本思想是將問題的表示形式轉化為符號表示，並利用邏輯推理規則將問題分解為子問題，並通過推理運算來解決這些子問題。符號推理方法的優點在於其可解釋性和可控性，使人們能夠理解系統的推理過程和結果。

知識表述是早期AI研究中的另一個重要課題，目標是將人類知識和經驗轉化為電腦可理解和處理的形式。當

時常用的知識表述方法包括規則庫(rule base)、知識圖譜(knowledge graph)和知識框架(knowledge framework)等。規則庫使用一組包含「條件‧動作」的規則，描述問題的觸發條件和相應操作，例如：「如果患者有發燒及喉嚨痛(條件)，那麼患者可能得了喉炎(動作)」。知識圖譜則將知識組織成圖形結構，表示實體之間的關係和屬性，例如：「『西瓜』→是一種→『水果』」。而知識框架則是將知識組織為一組知識實體的屬性和方法，例如在汽車知識庫中，一輛汽車的知識框架可以包括「屬性：色彩(白色)、製造年份(2023)；

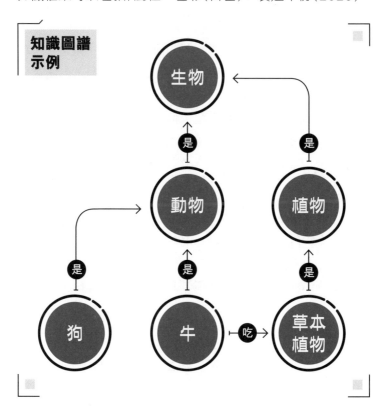

知識圖譜示例

方法：啟動、加速、停車」。

隨著技術的演進，我們得以構建出更為複雜的計算系統。在二十世紀五十至六十年代，我們看到了一些初級AI的形式，如模式識別系統（pattern recognition）和簡單的機器學習演算法（machine learning algorithm）。

◉ 原始AI系統

AI的早期發展，並非一帆風順。雖然有著眾多的成功案例，但也有許多的挑戰和困難。

首先，電腦運算能力是早期AI面臨的主要挑戰之一。在早期，電腦的處理能力和儲存容量實在非常有限，無法處理大規模和複雜的問題。AI研究者希望創建能夠模擬人類思維和解決複雜問題的智能電腦系統，但礙於運算能力的局限性，早期AI系統對於真正智能的模擬和執行能力受到嚴重限制。

其次，知識表述和推理是早期AI面臨的另一個重要挑戰。智能系統需要有效地組織和展現知識，並從中進行推理並解決問題。然而，在早期發展階段，要將人類的知識和經驗轉化為電腦可以理解和處理的形式，是一個非常困難的問題。早期AI研究者試圖使用符號系統和邏輯推論來表示和操作知識，但這些方法在處理模糊和不確定性的情況下存在局限性。

此外，早期AI面臨著數據和學習的限制。由於缺乏大量高質量的數據和有效的學習演算法，系統難以自動地從數據中學習並改進其性能。這使系統更加依賴於手工編寫的規則

和知識庫，導致它在語言理解、感知和推理能力方面之表現亦不如預期。語言是人類思維和交流的重要方式，但早期AI系統往往難以理解和生成自然語言。同樣，感知和推理能力也受到限制，無法有效處理現實世界的複雜問題。

AI的早期發展並非一帆風順，這階段的AI系統常常因為硬件的限制、運算能力不足，以及數據缺乏等問題而無法發揮出預期的效果。然而，這並未打擊科學家們的熱情。相反，他們從中學習到許多寶貴的經驗，並開始思考如何將這些知識運用到未來的研究中。

在這時期，AI的研究主要集中在如何模擬人類智能的特定功能，例如學習、記憶、解決問題等。儘管這些嘗試在當時來說已經十分先進，但在我們現時的角度來看，它們仍然十分原始。科學家們仍無法解決一些基本問題：

「如何使機器理解和生成語言？」

「如何令機器具有視覺和聽覺？」

「如何令機器進行抽象思考？」

這些問題在那個時代來說的確遙不可及，但科學家們並未放棄尋找答案。他們深信，只要繼續努力，未來的某一天，這些問題都會得到解答。

我們現在所處的AI時代，是建立在眾多科學家的付出與奉獻之上。他們的努力讓我們看到了AI的無限可能，令我們相信這個可能性在未來將會變成現實。

1.2 圖靈測試與第一代 AI

在AI的發展歷程中，英國數學家艾倫‧圖靈扮演了其中一個關鍵的角色。他的創新思維不僅為早期的電腦科學奠定了基礎，也為AI的發展開闢了道路。他在1950年的論文《計算機器和智能》（*Computer Machinery and Intelligence*）中提出了一個簡單但卓越的問題：「機器能思考嗎？」（Can machines think?)當然，這個問題並不容易回答，因為思考的定義有許多層面，而且涉及到深奧的哲學和科學問題。因此，圖靈選擇換一種方式提出問題，他引進了一種被稱為「圖靈測試」（Turing test)的方法來測試機器的智能水平。

◉ 圖靈測試

圖靈測試的基本設計是安排一個人類評判和一台電腦機器進行文字交流，然而評判並不知道當時正在與誰（人類或是機器）進行對話，而機器的任務是盡可能地模擬人類對答，使評判認為它是人類。如果評判無法從對話中分辨出對方是機器還是人類，那麼這台機器就可以被認為具有人類水準的智能，亦可被形容為成功通過圖靈測試。

圖靈測試之目的是為了提供一種衡量機器智能的實際標準，並非理論性的抽象指標。它的關鍵在於測試機器的行為，而不是機器內部的結構或工作方式。換句話說，當機器經分析後所得出的結果與人類答案無法區分時，該機器就會

被認為達到了AI的水平。

然而，值得注意的是，圖靈測試並不能確定機器是否真正有進行「思考」或具有「意識」，它只是一種實證測試，能夠測試機器的表現是否無法與人類區分。這個概念在當時產生了極大的迴響，並引發了許多關於「機器是否擁有智能？」的討論。

在圖靈測試的概念引領下，我們看到了第一代AI的誕生。這些系統的工作方式是先由人類程式設計師將明確的規則和指令編寫成程式碼，然後讓電腦按照這些規則來執行工作。這種方式的好處是，每當輸入特定的指示，機器的行為是完全可以預測的，因為它們總是遵循既定的規則來執行。

◉ 國際象棋AI

第一代AI的特點就是其基於規則的操作方式，這也解釋了它們在規則明確且結構化的遊戲中（例如國際象棋）往往有著卓越表現。對於這類遊戲，程式設計師可以將每一種可能出現的遊戲狀態及其對應的最佳方法寫入程式碼，令電腦在對局時根據當前的遊戲狀態作出最佳判斷。早期的國際象棋AI就是根據這種方式來設計，它們均遵循一套明確的規則，例如「如果對方的皇后威脅我的王，就需要將我的王移動到安全位置」。

國際象棋AI的開發始於1950年，一位名為克勞德·香農（Claude Shannon）的美國數學家，他亦是資訊理論方面的先驅和貝爾實驗室的研究員，他發表了一篇命題為《編程

一台會下棋的電腦》（*Programming a Computer for Playing Chess*）的論文，提出了兩種主要的國際象棋AI設計：

1.「**類型A**」：一種全面搜索的方法，會考慮所有可能的走法，但這在當時的計算能力下幾乎是不可能的；

2.「**類型B**」：它使用「啟發式」（或稱為直覺）方法，只搜索最有可能的走法。

香農知道，鑑於當時的技術限制，類型B的方法更為實用，這就成為了國際象棋AI開發的基礎。

然而，第一個實際的國際象棋AI要到1957年才出現，這是由IBM的研究員亞歷克斯・伯恩斯坦（Alex Bernstein）與一眾麻省理工學院的同事一起開發的程式，名為「IBM 704」。這個程式能夠進行簡單的象棋遊戲，雖然它的能力有限，僅能考慮未來兩步的走法，但它確實是AI的開端。

這種基於規則的AI有其局限性。首先，系統通常需要大量規則來涵蓋所有可能出現的情況，這在處理複雜的問題時可能會變得非常困難。

其次，由於這種AI是硬編碼（hardcoded），它們缺乏適應性和學習能力，沒能力處理未見過的情況或進行新的預測。

最後，系統執行方向通常與其創建者的思考方式密切相關，這使得它們在處理需要創新或「超出框架」思考的問題時受到明顯限制。

第一代AI的能力的確有限，然而，它們雖然能夠模擬人類的某些智能行為，卻無法真正理解他們所做的任務，亦無法適應新的情況。因此，科學家們開始尋求新的方法，希望能夠創造出更加智能的機器。

1.3 專家系統與第二代 AI

　　雖然第一代AI取得了一些成功,但其弱點引發科學家們進一步思考如何令AI更好地理解世界。這帶來了專家系統(expert system)的出現,也是我們所稱的第二代AI。進入上世紀七十年代,AI的新時代即專家系統時代來臨,開啟了AI發展的第二個階段。

◉ 專家系統

　　專家系統是AI領域的一種應用系統,它的目標是模擬人類專家的思維方式去解決問題。這些系統的出現,令AI從基於規則的簡單運算轉為模擬專業知識和推理的複雜運算。

　　專家系統主要由兩個核心組成,分別為知識庫(knowledge base)和推理機(inference engine)。知識庫是一個集合專家知識和經驗的儲存庫,它是專家系統的知識來源,知識以規則的形式出現,例如「如果(if)……,否則(else)……」的條件判斷句,或更複雜的規則組合。而推理機則是根據知識庫的資訊進行邏輯推理,從而解決特定問題。

　　假設我們有一個醫療專家系統,它的目的是幫助醫生診斷常見的感冒和流感症狀。知識庫中存放了大量醫學專家的知識和經驗,包括:

- 如果患者有發燒、頭痛但沒有皮疹,可能是流感。

- 如果患者有咳嗽、流鼻水但沒有發燒，可能是普通感冒。

- 如果患者有發燒、關節痛和皮疹，可能是登革熱。

這些「條件‧結果」的規則都是根據專家的經驗和醫學資料所編寫的。

推理機是這個專家系統的核心，當有一個新患者來到，描述了他的症狀（例如：發燒、咳嗽、無皮疹），推理機就會查詢知識庫，根據知識庫中的規則來判斷這個患者可能患有哪種疾病。

在這個例子中，當推理機接收到「發燒、咳嗽、無皮疹」這些症狀時，它可能會根據知識庫的第一條規則，推斷患者可能是感染了流感。

◉ 前向鏈結或後向鏈結的邏輯推理

一般邏輯推理採用的是前向鏈結（forward chaining）或後向鏈結（backward chaining）的推理方法。前向鏈結是從已知的事實出發，尋找符合條件的規則，然後得到新的事實（fact），並以此推進，直至達到目標。剛剛討論的例子就是採用了前向鏈結這一推理方法，這是一種由已知事實出發，逐步推導出新事實的過程。

而後向鏈結則是從目標出發逆推，尋找可以達到目標的規則，並檢查規則的條件是否符合，逐步向後推進，直到找到可以符合的事實。這種結構令專家系統模擬人類專家的思

考過程，對於特定領域的問題提供可能的解決方案。試想像一個電腦修理的場景，你的目標是令壞掉的電腦正常運行。如果電腦不能正常啟動，你可能會先檢查電源供應器。如果電腦啟動成功但沒有畫面，則可能考慮檢查顯示屏或連線。這是一種由目標出發，逐步確認所需條件的過程。

◉ AI寒冬

直至上世紀七十年代中期至八十年代，當時AI的研究和發展進展緩慢，研究資金被大幅削減，社會對AI的樂觀期待亦大幅降低，「AI的冬天」首次降臨。

在這段時期，AI的發展陷入了停滯。此時的AI技術無法達成其過於樂觀的承諾，尤其是在語言理解和解決問題能力方面。這種未能兌現承諾的現象令投資者感到失望，於是相關的研究資金被大幅度削減。在1973年，英國數學家詹姆斯・萊特希爾爵士（Sir James Lighthill）向國會提交的《人工智能評估報告》（*Artificial Intelligence: A General Survey*，又稱 *The Lighthill Report*）中就明確表示對AI的悲觀看法，指出「在該領域的任何部分迄今為止都沒有產生重大影響」。這被視為開始進入AI寒冬的重要標誌。

雖然這報告釀成了社會對AI的懷疑和悲觀情緒，但隨著技術的進步和新的突破，AI研究逐步走出低谷。專家系統隨後在許多領域都取得了重大的突破，其中最為人所知的應用包括醫療領域的MYCIN。該系統設計是一個專門為感染性疾病進行診斷和處方建議的專家系統，它的出現大大改變了醫療診斷的方式。除了醫療領域，這種專家系統在礦產勘

查、製程控制和其他許多領域都表現出強大的效能。

然而，專家系統也不是完美的。

首先，建立專家系統的知識庫需要大量的人工投入。專家需要花費大量時間來編寫規則，而這些規則往往會隨著時間推移而變得過時。再者，專家系統的推理過程往往缺乏透明度，這使得其推理結果難以理解和檢驗，這在一些需要解釋能力的場合（如醫療診斷）成為了一個大問題。另外，專家系統僅能在特定的領域內運行，缺乏適應性和靈活性也是一大挑戰。

這些問題導致專家系統的價值在實際應用中大打折扣。企業和研究機構逐漸意識到專家系統並非AI的終極解決方案。直至上世紀八十年代中期至九十年代初，AI研究和應用的發展遇到了重大困難，獲得的成果遠遠無法達到當初設定的目標，導致大量資金的流失和人才的流動，AI領域陷入了嚴重的挫折感。此外，這個時期的AI研究，很多都集中在解決具體而狹窄的問題，缺乏統一的理論架構，這使得AI研究變得四分五裂，缺乏一個明確的發展方向，這也被視為是AI發展歷史中的第二個冬天。

話雖如此，這個時期也並非全無收穫。專家系統的出現和應用，無疑對AI的發展起到了重要的推動作用。雖說這些系統具有一些局限性，但它們展示了AI在特定領域的強大潛力，並開闢了新的研究方向。這樣的發展為接下來的AI發展階段奠定了基礎，也就是基於數據學習的機器學習（machine learning）時代。

儘管我們已經進入了機器學習的時代，專家系統仍然在某些領域內發揮價值。例如，在一些需要專業知識的領域，如法律諮詢或醫學診斷，專家系統能夠輔助專家們做出更準確的決定。現時，它們不再是AI研究的主要焦點，因為研究者們已經轉向更複雜且具有挑戰性的問題，例如：如何令機器能夠從大量數據中學習和理解世界等。

1.4 機器學習與第三代 AI

由上世紀八十年代開始至九十年代，AI發展進入了第三個重要階段。第三代AI以機器學習為主要技術基礎，而當中的深度學習（deep learning）技術在此段期間亦發展得非常迅速。

機器學習是一種AI技術，其核心思想為使用演算法令機器從數據中學習和提取知識，並進行預測或決策的方法。過程中無須人工編寫特定的規則或程序，可說是令AI從基於規則的模型轉變為基於數據的技術模型。機器學習的核心問題是如何從經驗或數據中學習並改進指定模型或策略。這個方法大致可以分為三類：監督式學習（supervised learning）、非監督式學習（unsupervised learning）和強化式學習（reinforcement learning）。

◉ 監督式和非監督式學習

監督式學習是最常見的機器學習方法，模型訓練需包括輸入數據和與其對應的正確輸出數據，目標是令模型在面對全新輸入數據時能預測並輸出與真實輸出盡可能相近的答案或建議。例如，給系統輸入一組房價與其他相關資料（如面積、地點等），透過監督式學習，我們可以訓練出一個預測模型。每當我們有一個新房子的相關資料（輸入數據）時，系統便可利用訓練好的模型來預測該房子的價格（輸出數據）。

非監督式學習則不需要提供輸出數據，而是讓系統（演算法）自己找出數據中的結構或模式。這類學習方法的其中一個常見例子為數據分群（clustering），例如：給系統輸入一組新聞文章，透過非監督式學習，系統可以將關聯性高的文章各自分成多個群組。

◉ 強化式學習

強化式學習是讓機器在與環境互動的過程中學習最佳策略。它與監督式學習和非監督式學習不同，強化式學習的目標不是預測某個輸出答案，而是學習一種策略，使系統能夠長期獲得最大的獎勵。例如，目標是訓練一個遊戲AI，要令系統不斷與遊戲環境互動，使AI從中學習到如何採取行動以獲得最高分數。

＿機器學習

機器學習的出現是科學家們為了應對專家系統在應用中遇到的困難。在專家系統中，規則需要由人類專家提供，這種方式在規模上存在嚴重的限制。另外，專家系統的知識庫需要不斷維護和更新，這需要大量的人力、物力。因此，一種新的思維方式出現了，那就是讓機器從數據中自我學習和提取規則。

初期的機器學習方法包括決策樹（decision tree）及支持向量機（support vector machine, SVM）等（詳情於下一章討論）。這兩種演算法在眾多領域都獲廣泛應用，決策樹常被用於醫療診斷、風險管理和客戶關係管理等領域，以助專家

或管理層做決策；SVM則常被用於文字分類、圖像識別、生物訊息學等領域，以提取複雜資料的模式。

第三代AI的興起，標誌著AI領域進入了一個全新的時代。可是，如同所有技術一樣，第三代AI既有其獨特的優點，也存在相應的缺點。

◉ 第三代AI的優點和缺點

第三代AI的最大優點就是其驚人的預測能力和模式識別能力。透過機器學習技術，AI能夠從大量數據中學習到豐富的特徵，並利用這些特徵進行準確預測。此外，透過非監督式學習和強化式學習，AI亦可在沒有明確標籤的數據中學習，或通過與環境的互動來自我學習。這些都大大擴展了AI的應用領域，使得AI能夠被應用於圖像識別、語音識別、自然語言處理等多個領域。

然而，第三代AI也存在明顯的缺點。首先，它對數據的依賴性非常強，這種依賴性不僅表現在AI需要大量數據才能進行有效學習，也表現於AI的性能很大程度上受到數據質量的影響。這意味著如果數據存在偏差，AI的決策也可能存在偏差。而且，這種對數據的強依賴性也導致了AI的不可解釋性。由於機器學習模型（亦包括深度學習模型）通常包含數十萬甚至數億的參數，人們往往無法理解這些模型是如何作出決策。如果模型過於複雜，它可能會過度擬合訓練數據，導致在新的、從未見過的數據上表現不佳。這種不可解釋性在許多敏感領域（如醫療和司法）均可能導致嚴重的後果。

舉個簡單例子，假設我們正在訓練一個AI模型來區分貓和狗的圖片，在訓練過程中，如果模型過度專注於訓練每張圖片非常具體和細微的特徵（例如一隻貓在圖片中恰好位於一個紅色的沙發上），它可能會學習到「所有在紅色沙發上的動物都是貓」這樣的錯誤規則。

機器學習的真正崛起發生在上世紀九十年代後期至二千年代初，主要是因為數據收集更便利及運算能力更強，新的機器學習演算法在數據預測準確度及運算速度均獲得提升。這時期最有代表性的例子是IBM的深藍（Deep Blue），它是一款基於機器學習的國際象棋遊戲AI，於1997年擊敗了當時的世界冠軍加里・卡斯帕洛夫（Garry Kasparov）。

進入廿一世紀，機器學習的應用逐漸擴大。從網絡搜尋，到語音識別，再到自動駕駛，機器學習都顯示出其強大的潛力。然而，這時期的機器學習還是依賴於大量的人工特徵工程，並且需要大量的數據和運算資源。

1.5 深度學習的崛起至現代 AI 的出現

深度學習，作為機器學習的一種特殊形式，代表著AI最新一代的誕生。它的基本原理與特點深深地改變了我們對於AI的理解和實踐。與早期的AI方法相比，深度學習對原始數據進行直接學習，避免了複雜的特徵工程，而且能夠處理非常大規模的數據集。

◉ 深度學習的發展過程

深度學習的基本原理建立在神經網絡（neural network）的概念上，這種概念是受到人腦神經元（neuron）結構的啟發。當每個神經元接收到輸入數據，它先對該組數據進行處理，並將結果傳遞到下一層神經元。這些神經元被組織成多個層數並環環相扣，形成一個深度神經網絡，這就是「深度學習」的來源。

深度學習的早期發展可追溯至上世紀八十年代，當時的研究者已經開始探索神經網絡的可能性。由於當時缺乏大規模數據集和強大的運算能力，神經網絡的發展並未取得顯著進展。在AI的發展歷程中，深度學習的崛起，很大程度上依賴著兩種關鍵的技術發展：可收集的大規模數據集和可使用的強大運算能力。

深度學習發展過程的其中一個重要里程碑是在2006年，當時一位名為謝菲・辛頓（Geoffrey Hinton）的加拿大電

腦科學家和心理學家，與他的學生在兩篇重要論文中提出了深度信念網絡（deep belief network）和深度自編碼器（deep auto-encoder），標誌著深度學習的崛起。這種新的學習模型證明了深度神經網絡在學習和提取數據中的強大能力。

2012年的ImageNet競賽是另一個重要的轉折點。

ImageNet是一個大規模視覺資料庫，當中包含超過一千萬張人工標記的圖像，涵蓋了兩萬多種物品和動物。自2010年起，ImageNet開始主辦一項名為ImageNet Large Scale Visual Recognition Challenge（ILSVRC）的比賽，這項比賽讓學術界和工業界的研究者們有機會在相同的數據集上比較他們的演算法，而對於深度學習的發展來説，這場比賽起了一個極為關鍵的角色。

在2012年的ILSVRC比賽中，來自多倫多大學的亞歷克斯・克里澤夫斯基（Alex Krizhevsky）、伊爾亞・蘇茨克維（Ilya Sutskever）和謝菲・辛頓（Geoffrey Hinton）之團隊提出了一種名為AlexNet的深度卷積神經網絡（convolutional neural network, CNN）模型，該模型在比賽中的表現遠超其他參賽作品，錯誤率比第二名少近10%。這結果震驚了AI界，人們開始意識到深度學習在視覺識別領域的潛力。

在此之後，每年的ILSVRC比賽都成為了深度學習模型創新的展示平台。例如2014年Google團隊提出的GoogLeNet，以及牛津大學的VGGNet在結構深度與性能上取得了重大突破。2015年Microsoft的ResNet通過引入深度殘差學習（deep residual learning），將網絡層數提升到152

層，同時保持了良好的學習性能。

　　每年ImageNet比賽都引領著深度學習的新趨勢，不斷刷新人類對於機器學習能力的認知。ImageNet比賽的成功證明了深度學習在圖像處理和識別中的優勢，並促進了深度學習在其他多個領域，包括語音識別、自然語言處理等的應用與發展，可以説是深度學習崛起的一個重要契機。

◉ 開發新的預先訓練語言模型

　　在深度學習發展的同時，也有許多新的模型被開發出來，其中GPT（Generative Pre-trained Transformer，生成式預先訓練轉換器）和BERT（Bidirectional Encoder Representations from Transformer，基於變換器的雙向編碼器表示技術）等預先訓練語言模型（pre-trained language model）在自然語言處理（natural language processing, NLP）領域取得了顯著成果。這些模型通過大量的非監督式學習來學習語言的表示，然後在具體任務中進行微調。

　　深度學習的成功從根本上改變了AI的發展趨勢，從此在眾多領域中，AI不僅能夠達到人類智慧水平，甚至還可以超越人類的表現。無論是在圖像識別、語音識別，或是在遊戲如圍棋、象棋等領域，AI的表現都非常優秀。

　　然而，這時期的深度學習依然面臨著一些挑戰。例如，傳統深度學習模型依賴著大量已標籤數據[1]的訓練，這在現

---

1. 假若你有一組圖片，每張圖片都被標註為「狗」、「貓」或「鳥」等，那麼這些圖片和其對應的標籤就形成了標籤數據。

實應用中是一個常見問題，因為收集和標籤大量的數據是一個非常耗時和昂貴的過程。

為了解決這個問題，研究者們正在探索新的學習策略，例如讓AI模型進行自我監督學習（self-supervised learning）。這學習策略可以利用大量的未標籤數據進行學習，大大提高了深度學習的實用性。

此外，研究者們也在探索提高模型可解釋性的方法。可解釋性對於理解模型的運作方式，並提供人類可以理解的決策過程非常重要。這是深度學習的一個重要研究方向，有助於提高模型的公眾接受度，並將其應用於更多的領域。

還有另一個重點，雖說深度學習在圖像和語音識別，以及自然語言處理等許多領域取得了非常突出的成績，但對於一些更複雜的問題，例如常識推理和對話理解，目前的模型還存在一些挑戰。這些問題需要更高級別的語義理解（natural language understanding, NLU），並可能涉及到背景知識和情境理解。

研究者們正在探索如何讓深度學習模型更好地進行這種高級別的理解和推理，即是一些更深入、更複雜的認知過程，這些過程可能需要背景知識、文化參照、情境理解，甚至涉及到抽象的概念和跨領域的知識。

總括來說，深度學習的崛起至現代AI是人工智能領域的一個重要轉折點。這個領域的發展正在以前所未有的速度進行，並在許多領域產生了深遠的影響。新的深度學習模型和方法將會在未來繼續被開發出來，以處理更複雜的任務和更

大規模的數據。然而，這個領域還存在許多未解決的問題和
挑戰，需要我們持續的研究和探索。

Chapter **2** 人工智能的基本原理

2.1 機器學習的基礎

　　機器學習(machine learning)在現今的科技世界中已經成為一個熱門名詞，它是一種全新的運算概念，有別於傳統的程式設計。機器學習賦予電腦從數據中「學習」的能力，而不是照著固定的程序運作。要理解機器學習如何改變我們的科技及電腦世界，我們必須先深入探討其定義，並了解它與傳統程式設計的主要區別。

◉ 什麼是機器學習？

　　機器學習是一種資料分析方法，允許電腦系統通過從數據中學習來提高其表現，而不是通過明確的程式編碼指令。換句話説，機器學習系統可以從過去的經驗中學習並根據這些經驗作出預測或決策。

機器學習過程

| 輸入數據 | 分析數據 | 找出模式 | 進行預測 | 作出決策 |

相比之下，傳統的程式設計需要開發人員明確地告訴電腦如何執行每一個步驟。例如，若要設計一個電腦應用程式，開發人員必須逐一撰寫所有運算和邏輯步驟。而在機器學習中，這種「指令」方式被「學習」方式取代，讓機器透過數據進行自我訓練來提升決策準確度。

這帶來的最大差異是「問題解決的角度」。在傳統程式設計中，當我們面臨一個問題時，我們嘗試解構它，然後編寫能把問題解決的程式碼。在程式碼中，開發人員所寫下的步驟或規則都是明確的。無論輸入什麼數據，只要給予系統相同的輸入數據，程式的輸出結果始終是相同的。

而在機器學習中，我們轉向數據，尋找模式，然後電腦透過這些模式來形成解決策略。系統模型是從數據中訓練出來，而不是基於固定規則編碼。給予系統相同的輸入數據，隨著模型訓練獲得更多的知識，它可能會產生不同的輸出結果。

以圖像識別為例，在傳統程式中，我們可能需要編寫一系列規則，例如：如果圖片中有圓形且顏色是紅色，則可能是蘋果。但這種方法的問題是，它需要考慮所有可能的情境變化（包括蘋果的顏色、大小、形狀、紋理和其他特徵）。反觀機器學習，我們可以向系統輸入數以萬計的蘋果圖片和非蘋果圖片，讓它「學會」識別什麼是蘋果。

然而，機器學習並非無懈可擊，其質量高低很大程度上取決於所用的數據，不良或帶有偏見的數據可能導致輸出結果不理想。此外，機器學習模型錯綜複雜，難以看透，這樣

的「黑盒」性質令人難以解釋其運作過程，我們只知道系統完成訓練後所提供的預測，但背後原因則令人無從稽考。

　　機器學習運算過程的核心是如何讓系統消化並理解各種輸入數據的性質，然後從數據中學習。我們主要將這種學習方法分為三大類：監督式學習、非監督式學習和半監督式學習。

◉ 監督式學習

　　監督式學習（supervised learning）是機器學習中最常見和直觀的方法。在這種學習方法中，演算法從帶有「標籤」的數據中學習，而「標籤」則代表著每組數據的正確答案或結果。假若我們要訓練一個機器學習模型去辨識狗和貓的圖片，我們會提供大量狗和貓的圖片，並告訴模型每張圖片到底是狗還是貓。這些圖片及其對應的答案（狗或貓）組成了帶有標籤的數據。

　　透過這種方式，監督式學習模型會嘗試找出輸入數據（圖片）和輸出結果（答案）之間的關係，從而在未來遇到未標籤的新數據時，系統就能夠預測出正確答案。常見的監督式學習應用包括圖像識別（image recognition）、語音識別（voice recognition）和預測分析（predictive analytics）等。

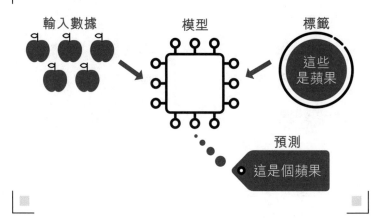

監督式學習

輸入數據　　　　　　模型　　　　　　標籤

這些
是蘋果

預測

這是個蘋果

◉ 非監督式學習

與監督式學習相反,非監督式學習(unsupervised learning)不需使用帶有標籤的數據。換句話說,當我們使用非監督式學習方法時,我們給予模型的數據沒帶有任何標籤或答案。模型的目標是在這些數據中尋找某種結構、模式或關聯性。

舉例說,想像我們有一堆雜亂無章的數據,並希望透過某種方式將它們歸納成不同的群組。在此情況下,我們可以使用非監督式學習中的數據分群,令模型自動發現這些數據中的相似性並將其分成不同群組。常見的非監督式學習應用包括市場劃分(market segmentation)、社交網絡分析(social network analysis)和自然語言處理(natural language processing, NLP)等。

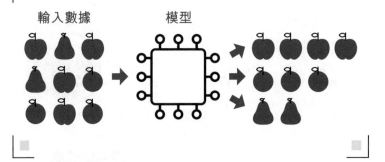

非監督式學習

輸入數據　　　　　模型

◉ 半監督式學習

　　半監督式學習（semi-supervised learning）是監督式學習和非監督式學習的結合體。在實際的應用場景中，要獲取標籤數據的難度或成本甚高，而未標籤數據卻比較容易取得。在這種情況下，半監督式學習就變得相當有用，只需使用小量的標籤數據和大量的未標籤數據進行模型訓練。

　　在半監督式學習中，模型會先使用標籤數據進行初步訓練。接著，這個模型會用來預測未標籤數據的標籤，然後再使用這些新預測的標籤進一步訓練模型。這種策略允許模型有效地利用大量的未標籤數據，並嘗試從中抽取有價值的訊息。常見的半監督式學習應用包括生成式模型（generative model）訓練等。

　　例如，在處理圖像分類時，當我們有一大批圖像但只有小部分有標籤時，半監督學習可以先使用已標籤的圖像訓練一個基礎模型，然後使用該模型預測未標籤的圖像。預測出

來的標籤與原始標籤一起用於進一步的訓練。此策略被用於提高圖像識別的準確性，特別是當標籤資料稀缺時。

在深入機器學習的迷人世界之前，了解其背後的訓練過程是非常重要的。這些過程不僅讓模型的性能達致最佳效果，還能確保模型能夠在真實世界中有效地運作。

◉ 一切從數據開始

有一句話在電腦科學界流傳甚廣：「垃圾進，垃圾出。」（Garbage in, garbage out.）這意味著如果我們提供的數據品質不佳，那麼不管模型多麼先進，其輸出結果也不會有太大的價值。數據預處理（data preprocessing）是確保數據品質的第一步。

預處理可能涉及多種活動，例如可能需要填補缺失的數據、去除離群值（又稱異常值，是指那些與數據集中大部分數據明顯不同的數據點），或對特定的數據進行正規化和標準化等。這可以確保我們的模型不會因為數據的微小異常而受到不必要的干擾。

當數據被適當地清理和預處理後，下一步就是特徵選擇（feature selection）。在機器學習中，特徵是影響模型決策的重要因素。不過，並非所有特徵都是有用的或有意義的。有時，某些特徵可能會干擾模型的性能，或增加不必要的複雜性。

假設我們要建立一個模型來預測一間餐廳的營業額，原始數據集（dataset）中可能有多個特徵，如天氣、日期、節

日、餐廳的位置、當日有沒有特殊活動、附近的競爭對手數量、客人平均年齡等。

眾多特徵中,「天氣」可能是一個重要因素,因為下雨天可能會減少人們外出就餐的意欲;「節日」也可能是影響因素,特定節日如情人節,人們普遍更傾向於外出用餐。

然而,因素如「客人的平均年齡」可能就不那麼重要,除非這間餐廳主打某特定年齡層的菜式或氛圍(例如親子或銀髮族餐廳),否則「平均年齡」這一特徵可能對營業額的影響不大,甚至可能引入不必要的雜訊(noise),使模型變得複雜且難以解釋。

◉ 特徵選擇和模型訓練

特徵選擇是為了從原始特徵集中選擇最具代表性或最能夠作出準確預測的特徵。這可以通過多種方法達成,如基於統計數據的方法、模型的方法,或是使用深度學習自動抽取特徵等。

過濾數據後,將適合的特徵集合起來,就可以開始訓練模型了。這是一個重複反饋的過程,模型會反覆學習數據中的模式,直到其性能達到滿意的水平(例如預測準確度在90%或以上),或者進一步的模型訓練不再帶來顯著改進。訓練的目的是為了找到預測錯誤最小化的模型參數。

模型訓練完成後,我們不能直接假定它在任何情況下都表現良好,故此需要評估其性能,並確保它不僅在訓練數據上表現出色,而且在未見過的數據上也要有良好的預測能

力。這就是驗證和測試的目的。

一般來説，我們會將原始數據集分成三部分：訓練集（training set）、驗證集（validation set）和測試集（testing set）。訓練集用於訓練模型，驗證集用於調整模型參數，而測試集用於評估模型的最終性能。透過這種方式，我們可以確保模型不只是對訓練數據「背答案」，而是真正地學到了數據集之中有用的知識和模式。

機器學習的訓練過程是一個複雜且多階段的過程，每個階段都對最終模型的性能和可靠性有著至關重要的影響。從數據預處理到模型的最終測試，每一步都需要專業知識、經驗和對細節的關注。只有這樣，我們才能確保機器學習模型在真實世界中達到其預期的效果。

◉ 三大入門級演算法

在機器學習的世界中，演算法是解決問題的核心工具。不同演算法均有其特點和適用場景。在眾多的演算法中，這裡為大家介紹三種值得關注的演算法，它們分別代表了不同的學習策略和應用範疇。

__決策樹

決策樹（decision tree）是一種非常直觀的機器學習演算法，它基本上是一種樹形結構，其中每一個節點（node）代表一個特徵或屬性，每一個分支代表一個決策規則，而每一個葉子節點（leaf node）代表一個決策結果。決策樹的主要目的是將數據集分割成越來越小的子集，同時樹在成長及伸延。

最終，每一個葉子節點都是一個純數據集，意味著該子集中的數據都屬於同一類別。

決策樹的優勢在於它的高度解釋性。即使是對機器學習不太了解的人，也可以容易地理解和解釋決策樹的決策過程。然而，決策樹也存在過度擬合的問題，這意味著它可能會對訓練數據進行太過精確的學習，而忽略了一般性，導致在新的未知數據上表現不佳。

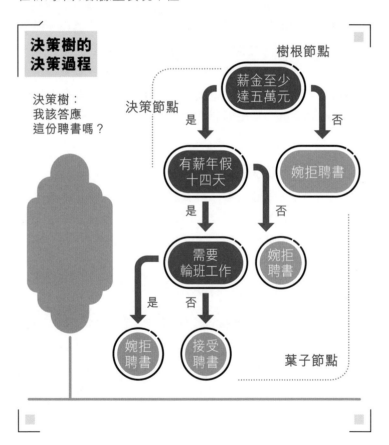

決策樹的
決策過程

決策樹：
我該答應
這份聘書嗎？

樹根節點

決策節點

薪金至少
達五萬元

是　　否

有薪年假
十四天

婉拒聘書

是　　否

需要
輪班工作

婉拒
聘書

是　　否

婉拒
聘書

接受
聘書

葉子節點

__支持向量機

　　支持向量機(support vector machine, SVM)是一種主要用於分類(classification)和回歸(regression)的演算法。它的主要目的是找到一條最佳的線[1]，而這條線能夠最好地區分兩組數據。為了確定這條線的位置，SVM會先識別離這條線最近的幾個點(稱為支持向量，英文為support vector)，並確保這些點到那條線保持最大距離。雖然SVM在處理很多特徵或屬性的數據時很有用，但如果數據量太大，它的運算可能會比較慢。

**支持向量機
演算過程圖示**

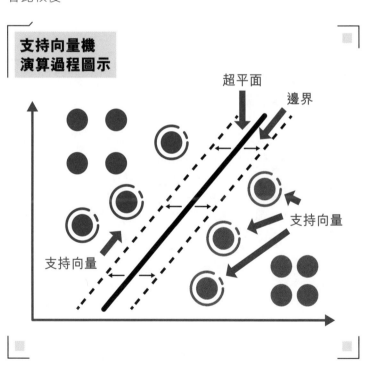

超平面

邊界

支持向量

支持向量

1. 　在高維空間(high-dimensional space)中是一個「超平面」(hyperplane)。

__K-近鄰算法

K-近鄰算法(K-nearest neighbor, KNN)是基於記憶的學習，它不真正「學習」一個明確的模型，而是在預測時利用整個訓練數據集。當有一個新的數據需要分類時，KNN會在已知的數據中找出最相似的「K」筆資料(即訓練數據中最接近該點的「K」點)，然後看這些資料大部分屬於哪一類，以此作為新數據的分類。優點是方法容易理解和使用，但隨著數據多了，它的運算會比較慢，而且需要較多的儲存空間。

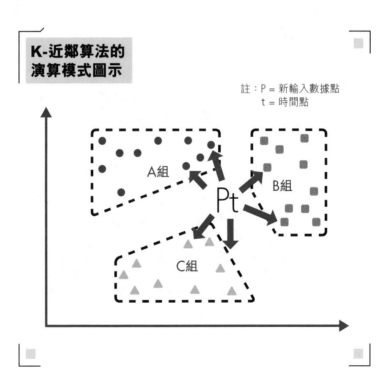

K-近鄰算法的演算模式圖示

註：P = 新輸入數據點
t = 時間點

A組

B組

Pt

C組

決策樹、支持向量機和K-近鄰算法都是機器學習的基石，要選擇合適的演算法往往取決於具體的問題和數據。隨著機器學習的持續發展，這些演算法不斷改進和擴展，以應對更多的挑戰和應用場景。掌握了機器學習的基本概念及特點後，便可往深度學習（deep learning）之世界邁進。

2.2 深度學習的演進

在AI的發展史上，深度學習是近年崛起並受到廣泛關注的一個子領域，究竟它是如何與機器學習產生關聯的呢？

◉ 什麼是深度學習？

深度學習，從字面上理解，是一種「深入」的學習方法，但「深入」的意思並不是單純地指學習的「深度」或「複雜度」。實際上，它描述的是模型結構的深度，特別是指用於學習資料特徵的神經網絡（neural network）的層數。深度學習的主要工具是深度神經網絡（deep neural network），這些網絡可以有很多層，從而允許模型從資料中學習複雜的非線性（non-linear）關係。

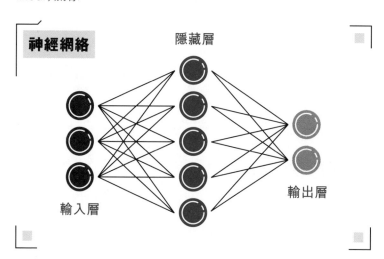

神經網絡

隱藏層

輸入層

輸出層

那麼，深度學習又是如何與機器學習相關呢？首先，我們要明確指出一點：深度學習是機器學習的一個子集。簡單來說，所有的深度學習屬於機器學習，但並非所有的機器學習都是深度學習。

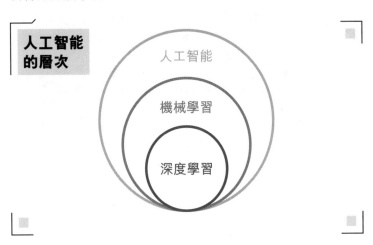

機器學習是一種讓機器從數據中學習的方法，而不需要進行明確的程式設計。當我們談到機器學習時，可能指的是決策樹、支持向量機、K-近鄰算法等各種演算法。而當我們討論深度學習時，我們主要指的都是神經網絡，尤其是有很多隱藏層（hidden layer）的那些。

深度學習的崛起部分源於硬件技術的發展，特別是圖形處理器（graphics processing unit, GPU）的運算能力。傳統的神經網絡由於層數較少，沒能展現出真正的潛力。但隨著我們現在可以訓練的網絡層數增多，深度學習開始在許多任務上超越其他機器學習技術，這些任務包括圖像識別、語音識別和自然語言處理等。硬件技術方面，下一章會講解更多。

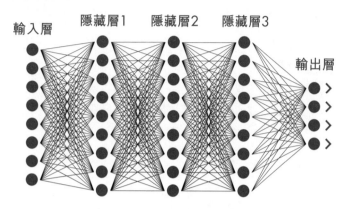

深度神經網絡結構

輸入層　隱藏層1　隱藏層2　隱藏層3

輸出層

深度神經網絡之眾多隱藏層

　　儘管深度學習具有巨大的潛力和吸引力，它並不適合用來解決所有問題。對於某些較簡單的問題，傳統的機器學習演算法可能更有效及更快。而深度學習模型一般需要大量的數據和運算資源才能達到最佳效果。

◉ 神經網絡的工作原理

　　剛剛提到的神經網絡，並不是近年的新發明。實際上，它的概念早在上世紀五十年代就被提出，並深受生物神經元（biological neuron）的啟示。為了更好地理解神經網絡的工作原理和它的組成、層面與權重（weight），讓我們先從生物學的角度開始探討。

　　當我們談論生物神經元時，我們實際上指的是大腦中負責傳遞和處理訊號的細胞。一個神經元由突觸（synapse）、樹突（dendrite）、細胞體（cell body，或稱soma）和軸突（axon）組成。當一個神經元被激活時，它會通過軸突發射一個電訊號，這個訊號最終通過突觸傳遞給其他神經元。

　　神經網絡的設計靈感就是來自於人類大腦的生物神經元結構。早期的研究者設計了一種簡化的數學模型來模仿這種行為，這模型被稱為「感知器」（perceptron）。感知器是神經網絡的基礎，它可接受多個輸入數據，而每個輸入數據都有一個權重，這些權重相當於生物神經元之間的突觸傳遞訊號的強度。

　　在最簡單的形式下，一個神經網絡由輸入層（input layer）、隱藏層（hidden layer）和輸出層（output layer）組成。每一層都由多個神經元（也稱為節點，node）組成，而這些神經元與其他層級的神經元通過權重互相連接。

　　每個神經元會接收來自其他神經元的訊號（數據），這些訊號會被加權合併，然後經過一個激活函數（activation function），最後輸出到下一層神經元。這一過程模仿了生物神經元接收和傳遞訊號的方式。

　　權重是神經網絡學習過程中需要調整的參數。一開始，這些權重通常是隨機初始化（random initialization）的。隨後，在學習過程中，神經網絡會不斷調整這些權重，以便更好地對輸入數據進行預測或分類。

◉ 反向傳播演算法

神經網絡通常使用反向傳播（backpropagation）這種演算法來調整其權重。這個演算法最早在1980年代被提出，並迅速成為訓練多層神經網絡的標準方法。它允許神經網絡從輸出層到輸入層回溯誤差，並適當地調整權重，以便提高模型的預測性能。要理解這一演算法的重要性，我們首先要知道，當我們訓練一個神經網絡模型時，其目標是把實際輸出結果（actual output）和預期結果（expected output）之間的差異達到最小化。這個差異通常被稱為「損失」（loss）或「誤差」（error）。

在神經網絡的訓練初期，隨機初始化的權重往往會導致模型的輸出結果遠離真實的目標值。反向傳播演算法的目的就是通過優化這些權重，令模型輸出的結果更接近目標值。

以下是反向傳播的三個基本步驟：

1. **前向傳播**（forward propagation）：首先，模型進行一次前向傳播，從輸入層經過所有隱藏層，最終到達輸出層。在這一過程中，模型將根據當前的權重計算其預測輸出。

2. **計算損失**（loss calculation）：當模型完成前向傳播後，會計算其預測輸出和實際目標之間的損失。這個損失值是反向傳播的起點，它表示了模型的預測有多遠離真實值。

3. **誤差反向傳播**(error backpropagation)：從輸出層開始，模型將計算該層的誤差對前一層權重的梯度（gradient）。簡單來說，梯度指的是權重變化量與損失變化量之間的關係。有了這些梯度，神經網絡就可以知道如何調整每個權重，以減少損失（即令輸出結果盡量貼近實際目標值）。這個過程會從輸出層持續到輸入層，將誤差反向傳播回每一個神經元，並根據該誤差調整每個神經元的權重。這個計算方法就是知名的「梯度下降法」（gradient descent）。

為了實際調整權重，我們還需要選擇一個學習率（learning rate）。學習率是一個小的正數，用於控制權重更新的步長（step size），即是每次迭代或訓練週期中，模型權重調整的程度。簡單來說，如果學習率很大，那麼權重的調整幅度亦會很大，這可能會導致模型在尋找最佳答案時「跳過」最好的選擇，使得訓練不穩定。相反，如果學習率很小，那麼權重的調整幅度則會很小，這可能導致模型學習速度非常慢，需要更多的時間來達到最佳性能。選擇正確的學習率可確保神經網絡能夠有效且穩定地學習。

反向傳播演算法是深度學習中最核心的技術之一，它根據模型的誤差，回溯並調整權重，確保模型朝正確的方向進行學習。此外，適當地選擇學習率和其他超參數（hyperparameter）也對演算法的效果和速度產生重要影響。隨著深度學習領域的持續發展，反向傳播演算法的各種改進和變體也不斷出現，令模型能夠更快、更有效地學習。

◉ 深度學習模型的兩大網絡

在過去的幾十年，深度學習已經從一個邊緣學問逐漸發展成為AI領域的核心技術，其中卷積神經網絡（convolutional neural network, CNN）和遞歸神經網絡（recurrent neural network, RNN）是最常用且具有代表性的深度學習模型。這兩種神經網絡，憑藉其獨特的結構和特點，都在特定的應用場景中展現了超越其他演算法的優勢。

__卷積神經網絡

卷積神經網絡是專門為處理具有像素網格結構的數據（例如圖像）而設計的神經網絡。CNN的核心概念是卷積（convolution）操作，它能夠自動和階層化地學習空間層次結構中的模式。

傳統的神經網絡面對圖像數據時，會將圖像的每個像素（pixel）視作一個單獨的特徵輸入，這在大尺寸的圖像中會導致極大的運算成本。相對於此，CNN通過卷積層（convolution layer）掃描圖像的小區域並捕捉到其中的局部特徵。這些局部特徵，例如邊緣、角點或紋理，在經過多個卷積層的提煉後，會形成更高層次的重要特徵，如物體的部分或整體結構等。

除此之外，卷積神經網絡還引入了池化操作（pooling），當中過程就像是對圖片進行「縮小」的動作。試想像你有一張很大的照片，但你只想保留它的重要部分，並將它變小，在這過程中，你可能會選擇每個小區域中最亮或最暗的點來代表該區域，這就是池化做的事情，它查看小區

域，然後選擇一個代表性的值（如最大值），令大圖片變小，但仍保留其主要特徵。這樣可以減少計算量並提高模型效率，在減少模型的運算成本之同時，亦可保留重要的特徵訊號。

ＣＮＮ的另一個重要特性是參數共享（parameter sharing）。在傳統的全連接神經網絡（fully-connected neural network）中，每個神經元的權重是獨立的。而在CNN中，權重在整個輸入圖像上都是共享的。這大大減少了模型的參數量，也提高了模型的訓練效率和泛用化能力。

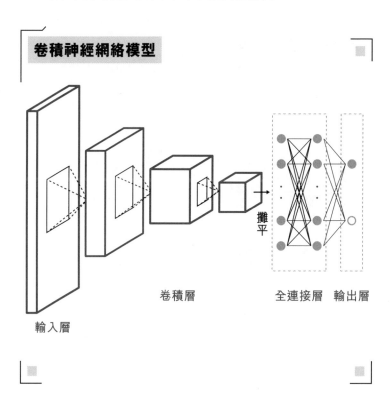

卷積神經網絡模型

攤平

卷積層

全連接層 輸出層

輸入層

遞歸神經網絡

然而，圖像數據只是大世界的其中一部分，有很多重要訊號，如語言和音頻，都是序列（sequence）性質的，這就是遞歸神經網絡派上用場的地方。RNN的特色在於能夠處理不同長度的序列數據。在傳遞訊號時，RNN會考慮到當前輸入以及之前的狀態，從而能夠捕捉到序列中的時間依賴性。

但是，傳統的RNN在長序列數據上的學習效果不佳，很容易受到梯度消失（gradient vanishing）或梯度爆炸（gradient exploding）的問題困擾。為了克服這些限制，學者

遞歸神經網絡模型

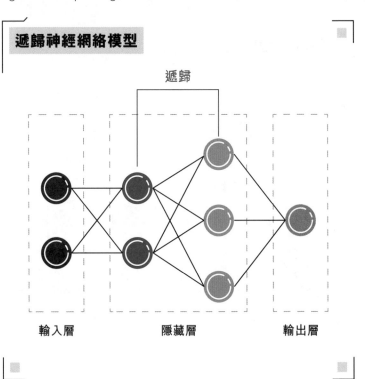

遞歸

輸入層　　　　　　隱藏層　　　　　　輸出層

們提出了長短時記憶網絡(long short-term memory, LSTM)和門控循環單元(gated recurrent unit, GRU)。這些變種結構加入了特殊的門控機制,使網絡在學習過程中能夠更好地保留或遺忘訊號,從而有效捕捉長期的時間依賴性。

　　深度學習的成功主要是基於其模型的特別能力,即是可自動學習數據中的特徵和階層結構。從簡單的多層感知器(multilayer perceptron, MLP),到專門為圖像設計的卷積神經網絡,再到能夠處理序列數據的遞歸神經網絡,深度學習已經在眾多領域取得了令人驚嘆的成果。

　　除了上述的CNN和RNN,還有其他一些深度學習架構,例如自編碼器(autoencoder)、生成對抗網絡(generative adversarial network, GAN)等。這些架構都是為了滿足特定的應用需求和解決某些具體問題而被設計出來的。

②.③ 強化學習的原理

深度學習和機器學習的研究進展繼續帶動多種學習策略之演變及進化，其中最具啟發性的莫過於強化學習（reinforcement learning）。與傳統的監督式學習和非監督式學習相比，強化學習提供了一種截然不同的學習方式，這主要源於其獎勵機制。

想像一下，當你是個小孩，正在學習如何騎單車。每次你保持平衡並成功前進，你就會獲得一種心靈上的「獎勵」，這使你感到高興和滿足。但是，如果你摔倒了，你可能會受傷，這是一種「懲罰」，令你知道某些行為可能是不正確或有風險的。這正是強化學習背後的核心概念。

◉ 智能體的操作

在強化學習的世界中，「智能體」（agent）扮演著一個重要角色，它在某個「環境」（environment）中進行操作。在每一個時間點，也稱為「狀態」（state），智能體會從環境中獲取某種「觀察」，並基於這些觀察來選擇一個「行動」（action）。

這個行動會送到環境中，並可能會改變環境的狀態。作為回饋，環境會提供一個「獎勵」（reward）給智能體，用以評價這個行動的好壞。這些獎勵值可以是正的，也可以是負

的。智能體的目標是找出能夠最大化其長期獎勵的策略。

這個過程通常會持續多個時間步驟，形成一個持續的互動循環。智能體的目標是找到一個策略，通過利用這個策略來使得它在長期內獲得最大化的獎勵。這種長期獎勵通常都是以數學方式來量化，例如計算獎勵的期望值或者折扣後的總和。

這種學習策略與我們日常生活中的學習經驗非常相似。當我們嘗試新事物並從中獲得正面體驗時，我們傾向於重複這些行為。相反，當我們遭遇到負面後果時，我們會避免再次進行相同的操作。

這種互動性賦予了強化學習極大的靈活性和適應性。不像監督式學習，其學習過程主要依賴於預先標籤的數據集，而強化學習能夠在不斷變化的環境中調整自己的策略。這也意味著，智能體能夠在未知的環境中自我調整，並找到有效的策略。

但是，不是所有的獎勵都是立即可見的。有時候，智能體可能需要執行多個步驟的行動，才能看到最終的結果和相應的獎勵，這就是累積報酬(cumulative reward)的概念。

累積報酬不僅考慮當前的獎勵(immediate reward)，還考慮了未來可能獲得的所有獎勵。為了達到最大的累積報酬，智能體可能需要做出短期內看似不利的選擇。這種前瞻性的思考模式是強化學習與其他機器學習方法的一大區別。

從這個角度看，獎勵系統其實是一個非常複雜的機制，它需要在短期利益和長期目標之間取得平衡。這也是為什麼在真實世界應用中，設計一個合適的獎勵系統是一個巨大的挑戰。例如，在自動駕駛汽車的訓練中，智能體會基於其行為與預定目標的接近程度來獲得相應的獎勵或懲罰。獎勵系統的目的是鼓勵汽車採取安全、有效和遵守交通規則的行為，同時避免危險或不理想的操作。

◉ 智能體的三種學習方法

為了令強化學習模型透過與環境的互動學習最佳策略，研究人員發展出多種學習方法，這些方法旨在估計價值函數（value function）或直接估計策略，令智能體可以在面對不同情境時作出適當的行動決策。接下來，我們將介紹其中三種主要的學習方法：動態規劃、蒙特卡洛方法，以及時差學習方法。

__動態規劃

動態規劃（dynamic programming）是一種針對馬可夫決策過程（Markov decision process, MDP）的演算法，它是一種用來描述環境和智能體互動的數學模型。這種互動過程包括了智能體的行動、環境的狀態轉換和如何給予獎勵。MDP假設，未來的狀態僅依賴於當前的狀態和採取的行動，與過去的狀態和行動無關。這亦被稱為馬可夫性質（Markov property）。

MDP由以下幾個主要元素來組成：

1. **狀態集合**(state)：這代表所有可能的環境狀態。例如，在棋盤遊戲中，每一隻棋子的排列方式都可以看作是一個狀態。

2. **行動集合**(action)：這代表智能體在每個狀態下可執行的所有可能行動。例如，移動一步棋，或者在遊戲中選擇一個特定的命令。

3. **狀態轉移概率**(probability)：這是一個函數，描述在當前狀態執行當前行動的情況下，環境轉移到另一狀態的概率。

4. **獎勵函數**(reward function)：這是一個函數，負責計算在特定狀態採取特定行動後，智能體可獲得的期望獎勵。

假設我們已知整個環境的模型，包括所有的狀態、行動、狀態轉移概率和獎勵，最常用的兩種動態規劃演算法是策略迭代(policy iteration)和價值迭代(value iteration)。

策略迭代包含策略評估和策略改進的步驟，不斷迭代直到策略收斂(policy convergence)，簡單來說即是不停地調整和改善，直到找到最佳的做法，而這個最佳做法的建議不再變化。

價值迭代則是直接根據當前估計的價值函數來更新價值，直到價值函數收斂(value function convergence)。模型

訓練一旦收斂後，再作進一步訓練亦不會再提升模型的決策表現。

儘管動態規劃在理論上是有效的，但它要求完整的環境模型，這在許多實際情境中都是不現實的。此外，當狀態和行動空間非常大時，動態規劃可能會因計算複雜度過高而難以應用。

__蒙特卡洛方法

相對於動態規劃，蒙特卡洛方法（Monte Carlo method）不需要完整的環境模型。這種方法基於經驗，一般通過模擬智能體與環境的互動來估計價值函數。它通過多次的試驗和錯誤，收集樣本路徑來計算預期報酬，並以此估計價值函數。由於蒙特卡洛方法是基於真實的經驗樣本，它可以很好地應對部分未知的環境，但可能需要大量的樣本才能得到準確的估計。

__時差學習

時差學習（temporal-difference learning）結合了動態規劃和蒙特卡洛方法的特點，並不需要知道完整的環境模型，但也不完全依賴於完整的樣本路徑，它基於每一步的時差錯誤（temporal-difference error）來更新價值估計。

其中最知名的演算法是Q學習（Q-learning）和SARSA。這些演算法每次互動後都會根據時差錯誤進行價值的更新[2]，使智能體能夠在未完成整個學習過程之前即時調整其策略。

這三種方法各有利弊。動態規劃雖然理論上能夠確保找到最佳策略，但在計算和模型要求上較為嚴格；蒙特卡洛方法可以應對部分未知的環境，但可能需要大量數據樣本；而時差學習方法則提供了一個在模型要求和樣本效率之間取得平衡的方法。

選擇哪種方法取決於特定的應用場景和實際需求。在某些情境下，結合多種方法也可能是一個好的策略。但無論如何，理解這些基本的學習方法是掌握強化學習的關鍵，因為它們為我們提供了一個框架，令我們知道在不同情境下如何學習和作出決策。

◉ 強化學習面臨的挑戰

強化學習已經在多個領域展現出其卓越能力，從遊戲玩家到自動駕駛汽車，都有顯著的應用效果。然而，強化學習仍然面臨著一系列的挑戰，在更加複雜和不確定的環境中往往限制了它的效能表現。

首先，部分可觀察性(partial observability)是強化學習中的一大挑戰。在許多真實世界的情境中，智能體無法完全觀察到所有的狀態訊號，例如在紙牌遊戲中，玩家不可能看到對手的牌。這樣的狀況使學習過程變得非常複雜，因為智能體需要從有限的觀察中推測隱藏的狀態訊號。

再者，非物質馬可夫決策過程也對強化學習造成了困

2. 代表從某個狀態或執行某個動作所獲得的預期總報酬，它提供了一種估計，讓智能體可以判斷在特定狀態下採取某個動作的「好壞」。

擾。在標準的馬可夫決策過程中，未來的狀態僅依賴於當前的狀態和行動，而不依賴於過去的狀態或行動。但在真實世界中，這種假設往往不成立，智能體的決策可能需要考慮過去的情境和行動，這令學習和優化策略過程變得更加困難。

多智能體學習亦是另一個挑戰。在多個智能體的環境中，它們同時進行互動，而彼此的行動都會影響到整體的環境狀態。這種情境下的策略學習需要考慮其他智能體的策略和行為，並可能需要進行協同或競爭性學習。例如，在多車道的交通流中，每輛車的駕駛策略都可能會影響其他車輛的策略。

此外，強化學習的數據樣本收集也常常令人擔憂。在許多情境下，與環境的互動是非常昂貴的或者具有風險的。例如在現實控制機械人，不恰當的行動可能會導致機械人受損。因此，有效地利用每一次的互動數據樣本，以及盡量減少學習所需的數據樣本數量，都是強化學習需要面對的關鍵問題。

最後，還有一個關鍵問題，智能體應該採取已知的最佳行為，還是應該探索新的可能性，以尋找可能更好的策略？智能體需要通過探索未知的行動來學習環境，但過多的探索可能會帶來不必要的風險。

相反，過度地依賴已知的知識進行利用，則可能會錯過最佳的策略。如何根據環境的特性和智能體的學習進程來調整探索和利用的策略，仍然是強化學習的研究焦點。

總的來說，強化學習雖然已經取得了一些顯著的成功，但它在面對真實世界的複雜性和不確定性時仍然面臨著許多挑戰。這些挑戰不僅需要更加深入的理論研究，也需要更加靈活和創新的實踐方法。希望未來的研究和實踐可以不斷推進強化學習的發展，使其在更多應用領域中發揮更大的作用。

Chapter **3** 人工智能的硬件基礎

3.1 CPU、GPU 的角色與重要性

在資訊科技技術領域中，硬件一直是一個核心主題。在AI和深度學習的浪潮下，硬件的重要性更為顯著。中央處理單元(central processing unit, CPU)和圖形處理單元(graphics processing unit, GPU)是最被廣泛討論的兩大硬件。它們不僅在傳統運算應用中佔有一席之地，還在新興的AI領域中發揮著至關重要的作用。雖說兩者同樣重要，但它們在功能和結構上有著本質上的區別。

◉ 中央處理單元(CPU)

CPU(亦被稱為中央處理器)是電腦的「大腦」，負責執行電腦程式中的指令，控制電腦硬件的操作。它由數個核心(core)組成，這些核心可以同時執行多個任務。每個核心都可以看作是一個獨立的電腦處理器，擁有自己的控制單元(control unit, CU)、算術邏輯單元(arithmetic logic unit, ALU)和一定容量的快取記憶體(cache memory)。當我們談到多核心(multi-core)CPU時，實際上是指一個物理芯片上有多個這樣的獨立核心。

每當我們使用電腦、手機或任何數碼設備時，CPU都在背後默默地運作，支撐著我們每一次的點擊、滑動屏幕和指令執行。儘管已被譽為電腦的「大腦」，這種描述可能還不足以形容它的強大功能和多樣性。接下來讓我們深入探索CPU

的關鍵特點，特別是它的「多工處理」（multitasking）能力和「適合一般運算」的兩大性質。

__多工處理

「多工處理」是指CPU能同時處理或迅速切換多個任務。當我們同時打開多個應用程式，例如使用文字處理器進行文字寫作，同時在網頁瀏覽器中聆聽音樂，甚至在背景下載檔案時，CPU會不斷地在各個應用程式之間切換，使它們「看似」同時運行。當然，這種「同時性」實際上是一種錯覺。在單核心的CPU中，它實際上是在極短的時間內切換至不同任務，由於切換速度非常快，對使用者來說幾乎感受不到延遲。

隨著技術的進步，多核心CPU已成為主流。在多核心CPU中，每一個核心都可以被視為一個獨立的處理器，能夠同時執行不同的任務，令真正的同時處理得以實現，大大提高運算及系統執行效率。

__適合一般運算

除了「多工處理」外，「適合一般運算」是另一個CPU的特點。這種「一般運算」指的是CPU對於各種日常運算、軟件應用、網絡瀏覽、文件編輯等任務均有出色的處理能力。由於它的設計初衷是為了解決廣泛的問題，而不是專門針對某一類特定運算或操作，所以它在結構上足夠靈活，以應對並執行各種複雜的指令集。

此外，CPU還內置快取記憶體，它們能儲存經常使用或近期使用的資料，從而加快資料的讀寫速度。這種設計適合

於需求多變、不可預測的一般運算任務。當然，對於特定的應用，如大規模數據分析或圖形渲染（graphics rendering），專用硬件（如GPU）可能更具優勢。但在日常使用中，從啟動操作系統、運行桌面應用程式，到執行後台服務等，CPU都扮演著不可或缺的角色。

◉ 圖形處理單元（GPU）

在討論現代硬件技術時，不得不提GPU（亦被稱為圖形處理器）。從字面上看，許多人可能會認為GPU僅僅與圖形處理有關聯，然而，其真正的影響遠超於此。GPU的核心特點是其強大的平行運算（parallel computing）能力和對於大數據及圖形處理的高效性，這使它在當今的科技界，特別是在AI領域，發揮了重要作用。

__平行運算

與CPU中的多工處理不同，GPU的平行運算特質允許同時執行大量相類似的運算任務。這是基於其內部擁有的數千個小而專一的處理核心，這些核心同時針對不同的數據執行相同的操作，這種架構被稱為「單指令流多數據流」（single instruction multiple data, SIMD）。這個設計初衷是為了高效處理圖形資料，如3D遊戲或專業圖形應用，它們需要同時計算大量的像素值，使用GPU便可大大加快處理速度。

後來研究人員發現，這種同時執行大量獨立任務的能力同樣適用於其他領域，如數據分析和人工智能。GPU在處理大數據和圖形處理時所表現的高效性，是指它如何利用其平

行運算的能力來快速處理大量數據。在3D渲染[1]時，GPU可以同時計算畫面中的每個像素，從而實現流暢和真實的圖形效果。在人工智能和機器學習中，GPU可以同時處理大量數據點，使其在模型訓練或數據分析時具有卓越的性能。

此外，在現代科學和工程應用中，大數據分析已經變得越來越普及。無論是天文觀測、基因研究，還是複雜的物理模擬，都需要處理和分析巨大的數據集。特別是當數據可以被平行處理時，GPU提供了一種高效的方法來應對這些挑戰。

然而，GPU的成功不僅僅建立在其硬件上。專門為GPU設計的程式語言和框架，如CUDA(compute unified device architecture，統一計算架構)和OpenCL(open computing language，開放計算語言)，使開發人員能夠充分利用其平行運算能力，進行客製化的應用程式開發。這些工具已被廣泛應用於科研項目、影像處理，以及AI等領域，大大加速了運算和分析速度。

隨著技術的發展，GPU已從一個專為遊戲和專業圖形設計的硬件，逐步發展成為現代運算領域的核心組件。它不再只是用於圖形渲染，擁有大量能夠平行處理數據的核心使其成為機器學習等大數據運算的理想選擇。這也是為什麼近年GPU在AI和機器學習領域中的應用越來越廣泛。

那麼，GPU在深度學習範疇又能否表現出色？

---

1. 3D渲染指將三維模型轉換為二維圖像的過程，模擬物體與光線之間的真實交互以產生真實感的影像。

◉ GPU於深度學習的應用

要理解GPU是否適合應用於深度學習，我們先討論深度學習模型的運算特性。深度學習模型，特別是卷積神經網絡（CNN）和遞歸神經網絡（RNN），涉及大量的矩陣運算（matrix operation），這些運算特別適合平行化處理。

傳統的CPU設計強調的是每一個核心的運算能力和效率。這種設計策略確保了單一及複雜的任務能夠快速完成。但深度學習模型的運算，並不需要每一個核心都具有強大的運算能力，更重要的是可同時執行大量相同操作的能力，也就是平行運算能力。這種運算模式使擁有大量且相對簡單的處理核心的GPU，成為了深度學習計算的絕佳選擇。

GPU最初是為了解決圖形渲染問題而設計出來的。在3D遊戲或影像處理中，GPU需要對大量的像素（pixel）或頂點（vertex）進行相同的運算。因此，GPU擁有大量的算術單元，可以同時進行數千至數萬的低階運算，確保畫面順暢渲染。正是這種特性令GPU非常適合用來執行深度學習中的矩陣運算。

此外，深度學習的訓練過程涉及大量的前向傳播和反向傳播計算，這些都是重複性極強的操作。GPU的高頻寬記憶體確保了大量的數據可以快速移入和移出計算核心，大大加速了模型的訓練速度。

現代的深度學習框架，如TensorFlow、PyTorch等，均提供了針對GPU優化的版本。這些優化不僅體現在演算法上，還包括了硬體層面的調整，令深度學習運算可以充分發揮

GPU的潛力。

　　但GPU並不是深度學習的唯一解決方案。隨著技術的發展，許多專為深度學習設計的硬件也展現了出色的性能。

　　無論是傳統運算或是新一代的AI領域，CPU和GPU都扮演著至關重要的角色。透過深入了解這兩種硬件元件的特點和能力，我們可以更好地理解它們在當前技術發展中的位置和影響。而GPU在近年變得越來越重要，它除了是深度學習發展的早期重要推手之外，相信在可見的未來仍將繼續在AI領域中發揮其重要角色。

3.2 專為 AI 設計的晶片

隨著AI技術的快速發展，特定的運算需求驅使硬件設計師開發出更適合這些運算的晶片，它們的出現，彰顯了AI技術在資訊科技中日益重要之地位，同時也反映出如CPU和GPU的傳統硬件，雖然在某些AI應用中仍然有其效用，但已經不能夠滿足現代深度學習演算法對高性能運算的需求。

專為AI設計的晶片，通常指的是一種集成電路，針對AI應用中的運算模式和數據流動進行最佳化設計。這些晶片特別針對神經網絡中的運算進行優化，令其效率和效能遠遠超過一般的硬件元件。

AI晶片的核心特點是針對線性代數(linear algebra)，尤其是矩陣運算，以及進行大數據專業優化，這些都是深度學習和神經網絡的主要運算需求。此外，它們通常還包括一些特定的功能單元，例如高效的低精度(low precision)運算、特殊的數據壓縮技術，以及用於加速神經網絡層之間資料傳輸的專門設計。

在許多情況下，這些專為AI設計的晶片不是獨立運作的，它們可能與CPU或GPU一同部署，形成一個異質運算(heterogeneous computing)環境。在這樣的配置中，CPU和GPU仍然處理一般的運算和數據預處理任務，而專用的AI晶片則負責那些特定的、對效能需求極高的AI運算。

這類晶片的出現，不僅是技術進步的表現，更是市場需求的回應。隨著深度學習、機器學習和其他AI技術在各大行業的廣泛應用，對硬件的要求也變得更為嚴格。傳統的CPU和GPU雖然強大，但在面對巨大的神經網絡模型和龐大的數據集時，它們的運算效率和能耗表現不盡人意。

◉ 張量處理單元(TPU)

隨著深度學習的興起，大量的數據和龐大的運算需求使傳統的運算硬件受到巨大的挑戰，在這樣的背景下，Google於2016年推出了專為其TensorFlow框架設計的硬件加速器，名為張量處理單元(tensor processing unit, TPU)，這種晶片迅速成為AI研究和應用中的焦點，大幅度提升運算速度。

TPU的核心特點在於它專為深度學習的特定工作負載而設計。傳統的CPU和GPU雖然可以執行多種不同的任務，但在面對深度學習的特殊需求時，它們的效能表現並不是最佳的。而TPU則是針對深度學習中的矩陣運算、大量的浮點運算和低延遲(low latency)的需求進行優化設計。

其次，與傳統的運算裝置相比，TPU具有極高的能效比，這意味著它在消耗相同或更少的能量下，可以執行更多的運算，非常適合用於大型數據中心，能有助節省大量的電力和冷卻成本。

再者，TPU的設計允許它執行大量的平行運算，這是因為它具有成千上萬的小型運算單元，這些運算單元可以同時

執行深度學習中的大量相似運算。這種平行化能力使TPU在進行深度學習模型訓練時能夠大幅減少所需運行時間。

TPU主要應用於深度學習模型的訓練和推論（inferencing）。由於其高度優化的設計，它在許多AI工作負載上都展現出超越傳統硬件的效能，包括圖像和語音識別、自然語言處理，以及其他機器學習任務。

此外，Google已經在其雲端平台上提供TPU服務，讓企業和研究人員可以輕鬆使用這強大的硬件資源，無須購買和自行維護TPU設備。許多現代的AI模型都是在TPU上進行訓練的。

◉ 神經處理單元（NPU）

除了TPU之外，神經處理單元（neural processing unit, NPU）也是另一個相當受到關注的專為AI設計的晶片。這種晶片設計的初衷是要滿足神經網絡的高運算需求，特別是深度神經網絡。

NPU與CPU和GPU不同，它並不是為了通用運算而設計的。它的核心功能是為了滿足神經網絡，尤其是深度學習模型中的運算需求。神經網絡，尤其是現時流行的深度學習模型，除了包含大量的矩陣運算外，還有加權和（weighted sum）、激活函數（activation function）等操作。這些操作需要特定的硬件結構來進行高效的運算，這正是NPU針對性的設計重點。

NPU的核心是其大量的平行運算單元。這些運算單元允

AI全解讀——人工智能的基本原理、技術發展、現實應用和未來挑戰

許晶片同時執行數以千計的運算操作。這種平行化的能力對於深度學習模型中的前向傳播和反向傳播操作特別有利。另外，這些平行運算單元還被優化以進行特定的運算，如矩陣乘法或卷積操作，這些操作在神經網絡中極為常見。

在移動裝置或邊緣運算（edge computing）環境中，功耗是一個關鍵考慮因素。許多NPU設計都強調其低功耗的特性，使其成為智能手機或物聯網（Internet of Things, IoT）等邊緣裝置進行AI運算的理想選擇。這種低功耗的特性也意味著在相同的能源消耗下，NPU可以進行更多的AI運算。

針對神經網絡的硬件優化也是NPU的一大亮點。除了常見的深度學習操作，NPU還內建了對某些特定函數的硬件支持，如常見的ReLU、Sigmoid或Tanh激活函數。有了這些專用的硬件支持，NPU可以在進行神經網絡運算時，達到更高的效率和速度。

◉ 從三方面比較不同晶片的表現

每當我們談論AI硬件時，少不免要提及CPU、GPU，以及TPU和NPU等專為AI運算而設計的晶片。每種硬件有其特點，而不同的運算需求和場景會影響我們的選擇。為了做出明智的決策，了解這些硬件的差異是非常重要的。以下讓我們從效率、成本及應用場景三個範疇作比較。

__效率

首先，我們來談談效率。在AI運算中，效率通常意味著完成特定任務所需的時間。CPU作為通用處理器，可以執行

多種運算任務，其核心強調順序運算，並且有多種功能用於執行各種操作，從數據庫查詢到網頁顯示等。但是，當面對大量平行運算的需求，如深度學習中的矩陣運算，CPU可能不如其他專門的硬件高效。

相反，GPU起初是為了解決圖形運算的問題而生，因此它具有數千個小核心，使它非常適合需要大量平行運算的任務，這亦正是深度學習所需。因此，對於神經網絡訓練等需要高度平行運算的工作負載，GPU比CPU更具效率。

而TPU和NPU這類專為AI運算而設計的晶片在效率上有顯著的優勢，它們從一開始就考慮到深度學習的特定需求，因此在執行這類任務時，它們遠遠超出了CPU和GPU的效率。

__成本

在成本方面，初次購買的費用和運行的電費都是考慮的因素。一般來説，CPU的初次購買成本較低，但在大規模深度學習工作負載下，其運行成本可能會增加，因為它需要更長的時間來完成運算。

GPU的初次購買成本高於CPU，但對於AI工作負載，它有著更高的成本效益，因為它能夠更快地完成運算，且能耗更低。對於許多組織來説，使用GPU可以縮短訓練時間並減少電費支出。

至於TPU和NPU，其成本因品牌和功能而異，但對於大規模的深度學習任務，它們通常提供最佳的成本效益，因為

它們提供了最高的效率並大大縮短了運算時間。

__應用場景

選擇合適的硬件取決於具體的應用場景，以下給大家一個簡單選擇建議。

對於多用途的工作站或伺服器，CPU可能是最合適的選擇，它可以處理各種不同的工作負載，但對於高度專門化的AI任務則不是理想選擇。

當AI和圖形處理成為主要工作負載時，GPU在大多數情況下都是首選，它們在遊戲、3D建模和深度學習訓練中都表現出色。

而對於專業的AI研究實驗室或需要大規模神經網絡訓練的企業，TPU和NPU相信是最好的選擇。這些硬件提供了最佳的效率，並且可以大大縮短模型的訓練時間。

總之，選擇AI硬件不只是考慮效率和成本，還要根據具體的應用場景和需求進行選擇。

3.3 硬件如何影響 AI 的性能和能力

　　隨著AI技術的快速發展，硬件逐漸成為影響AI性能和能力的重要因素。從運算能力到儲存速度，從能源效率到設備尺寸，這些硬件層面的進步直接推動了AI應用的多樣性和廣泛性。現在就讓我們深入探討這些硬件因素如何塑造AI的未來。

◉ 運算能力

　　先由運算能力與訓練時間的關係說起。運算能力是指一台機器在特定時間內能夠執行的運算操作數量。一般而言，當一台電腦具有更高的運算能力時，它可以更快速地執行更多的運算。而在AI領域，特別是在深度學習中，這意味著有能力更快速地進行模型的訓練。

　　這並非僅僅是一種理論上的關聯。在實際應用中，當研究人員嘗試訓練一個龐大的神經網絡模型，如果只依賴於一般的運算資源，他們可能需要等待數週甚至數月的時間。相反，如果他們使用具有強大運算能力的專門硬件，如高性能的GPU或TPU，那麼訓練時間可能會大大縮短。這對於AI研究來說至關重要，因為能夠快速迭代和試驗新的模型或演算法是取得突破的關鍵。

　　另外，訓練時間除了受到運算能力的影響外，數據集的

大小、模型的結構複雜度,以及訓練的迭代次數都是其他重要影響因素。然而,當其他因素保持不變時,運算能力是確定訓練速度的主要因素。隨著模型的規模和複雜性增加,所需的運算能力也呈指數級增長。這意味著,為了在合理的時間內訓練下一代的AI模型,我們需要不斷地提高運算能力。

不過,增加運算能力並不是解決所有問題的答案。的確,它可以加速模型的訓練,但過度依賴龐大的運算資源可能會導致其他問題,例如:

• **過度擬合(overfitting)**:當我們使用大量的運算能力來訓練非常複雜的模型時,該模型可能會太過「專精」於訓練數據,導致它能夠極其精確地擬合這些數據。但這也意味著當模型遇到新的、之前未見過的數據時,其預測能力可能會下降,這是因為模型可能已經學習到訓練數據中的一些特定雜訊或異常,而非真正的、普遍存在的特徵。

• **運算效率降低**:大量的運算資源可能會鼓勵研究人員和工程師建立更大和更複雜的模型,而不是尋找更有效、更簡潔的演算法或技巧。這可能會導致在某些情況下,在不必要的計算上浪費運算資源,而不是真正提升模型的性能。

因此,平衡運算能力與其他因素,如演算法效率或數據品質,仍然是AI領域中的重要課題。

◉ 記憶體和儲存

除了運算能力的重要性,記憶體和儲存也扮演著關鍵角色。這些硬件組件決定了資料的存取速度和整體的效率,並

且在AI模型訓練和部署的每一步都有著不可忽視的影響。

當處理器需要執行任務時,它首先從記憶體中取得資料。如果記憶體的速度跟不上處理器的速度,則處理器需要等待,從而導致效能瓶頸。在深度學習的情境中,模型常常需要處理大量的參數和資料,所以對記憶體的需求很大。例如,當模型的大小超過可用記憶體時,資料會被分片(sharding,即將資料分切成更小的部分)並多次載入,這將大大減慢訓練速度。

此外,現代的AI應用,尤其是智能手機或物聯網等邊緣運算設備,往往在記憶體和儲存方面存在限制,這些應用需要高效的模型和演算法來確保在有限的資源上達到最佳性能。

而儲存作為資料的長期保存手段,也對AI的性能有著深遠的影響。雖然傳統硬碟(hard disk drive, HDD)可以提供大量儲存空間,但其讀取和寫入速度遠遠不如固態硬碟(solid-state drive, SSD)。而在大型AI模型中,讀取訓練數據的速度直接影響到整體的訓練時間。隨著新技術如非揮發性記憶體通訊協定(non-volatile memory express, NVMe)的出現,儲存速度得到了顯著的提升,令大型數據集的處理變得更加迅速。

當然,高效的記憶體和儲存技術也帶來了一些挑戰。隨著AI模型和數據集的持續增長,如何有效地管理和優化記憶體和儲存資源成為了一個重要問題。此外,為了確保數據的安全和完整性,我們還需要考慮資料的備份和還原策略。

◉ 能源利用和效率

在追求高性能及高效記憶體存取的同時，如何確保有效的能源利用亦是另一大挑戰。這帶出了一個專業又至關重要的概念——「能效比」（energy efficiency ratio, EER）。這是指系統或設備在進行某項工作或運算時，所達到的效果與消耗的能量之間的比值。換句話說，它描述了在單位能量消耗下所達到的性能。

隨著AI的應用越趨普及，從大型數據中心到我們家中的智能電器設備、身上的可穿戴設備，以至手中的智能手機，AI已經滲透到我們生活的每一個角落。這些設備對電能的需求是龐大的，同時也需要長時間的工作或待機。在這種情況下，能效比成了確保AI在各類設備上順暢運行的一個核心指標。

如何正確衡量能效比呢？簡單來說，能效比是衡量完成某一工作負載所需能量的指標。這不只考量了設備的運算性能，更重要的是在完成該運算時所消耗的能量。如果兩款AI硬件都能完成同樣的工作，但A款在完成這工作時的能量消耗只有B款的一半，那麼A款的能效比顯然更高。

然而，我們也需要明白能效比和性能之間的關係。在追求更高的能效比時，有時我們可能需要犧牲某些性能。但隨著科技進步，這種犧牲已逐漸減少。硬件製造商現在已經能夠通過使用先進的製造技術、改良的電路設計和特定的AI應用優化，同時實現高性能和高能效比。

當然，對於製造商而言，能效比是設計過程中的一個主

要考量。從選擇合適的半導體材料開始，到電路設計，再到製造技術的選擇，每一步都是為了提高能效比。軟件和硬件的深度整合也正在改變遊戲規則，因為透過優化軟件，硬件可以在更低的功率下達到相同或甚至更高的性能。

◉ 數據傳輸速度

另一方面，通訊頻寬（bandwidth）和延遲（latency）同樣是影響AI性能之重要因素，具備快速和流暢的數據流動，AI演算法才能有效地運作。

頻寬是指數據傳輸速度，或更具體地說，是在特定的時間內可以傳輸的數據量。它通常以每秒傳輸的位元速率（bit per second, bps）來量度。而延遲則是從發送點到目的地傳輸數據所需的時間，通常以毫秒（millisecond, ms）為單位。

在AI的領域中，高頻寬意味著演算法和模型可以快速地獲得所需數據，進行分析和運算。特別是在處理大型數據集或高解析度影像時，充足的頻寬是確保快速和精確運算的一大前提。

延遲則是關乎於即時性的問題。考慮到自動駕駛車輛或機械人這些需要實時反應的應用場景，低延遲是確保這些系統能夠即時做出正確判斷和反應的關鍵，反之，一個高延遲的系統在這種情況下有可能導致嚴重後果。

通訊頻寬和延遲之間存在著一種繁複的關係。理論上，通訊頻寬越高，傳輸的數據量越多，延遲應該越低。但在實際應用中，增加頻寬可能會帶來其他的技術挑戰，這些挑戰

可能會導致延遲增加。因此，硬件設計者必須在這兩者之間取得平衡，以滿足特定應用的需求。

在現今的AI硬件設計中，已有許多技術在努力優化這兩個參數，例如使用先進的光纖技術可以大大增加頻寬，而新的硬件架構和通訊協定則努力減少延遲。

但隨著5G和邊緣運算的興起，AI應用已從中央數據中心延伸到各種設備和邊緣節點，這意味著數據不僅要在一個大型數據中心內部傳輸，還要跨越更廣闊的網絡，這無疑增加了在通訊頻寬和延遲上的挑戰。

總而言之，硬件在AI的發展中擔任了至關重要的角色。運算能力、儲存、能源效率和數據傳輸速度都是確定AI性能和能力的關鍵因素。從確保模型訓練的效率，到滿足邊緣運算設備的需求，它們都是性能優化的關鍵組成部分。隨著新技術的出現，我們期望看到更多創新和突破，為AI硬件帶來更高的能效比及數據即時性，令AI在各種應用場景中發揮其真正優勢。

3.4 硬件的未來發展趨勢

隨著AI技術快速發展，相關的支援硬件也在經歷前所未有的革命。從使模型適應小型設備的模型壓縮（model compression），到將運算放到本地裝置的邊緣運算（edge computing），再到神秘的量子運算（quantum computing），最終到硬件和軟件的深度結合，每一步的進展都在協助AI更好地融入我們的日常生活中。

在AI與深度學習的早期發展階段，研究人員和工程師追求的是更大、更深的模型，因為這些模型通常具有更好的性能。然而，我們逐漸意識到在某些場景下，這些龐大的模型並不是最適合的選擇，特別是部署在較小、較低功率的裝置上。因此，模型壓縮技術應運而生，旨在減少模型的大小，同時保持其預測精準度。

模型壓縮不只是為了滿足儲存的需求，更重要的是滿足運算能力的限制。一個較小的模型只能用上較少的運算資源進行推理，這意味著它可以在較低功率的裝置上運行，並更快地輸出結果。這對於智能手機、物聯網設備和其他邊緣計算裝置來說都非常重要，因為這些裝置的運算能力、儲存空間和能源供應都是有限的。

那麼，模型壓縮是如何實現的呢？

◉ 四種模型壓縮技術

知識蒸餾

知識蒸餾(knowledge distillation)是一種利用一個大型模型(通常稱為教師模型)訓練一個小型模型(稱為學生模型)的技術。學生模型通過模仿教師模型的行為,學習其知識,而不是直接從原始數據中學習。

知識蒸餾技術

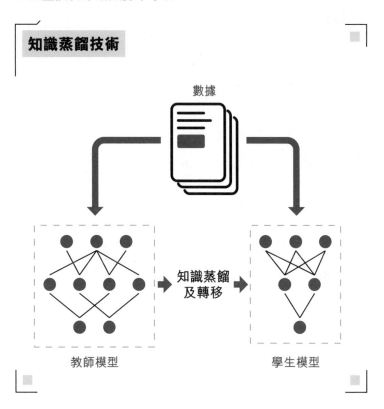

數據

知識蒸餾及轉移

教師模型　　　　　學生模型

__權重剪枝

通過權重剪枝（weight pruning）過程，從模型中刪除某些不重要的權重（或神經元），以減少其大小。這通常基於權重的大小或其他指標來確定哪些權重可以刪除，同時不會大幅影響模型的性能。

權重剪枝技術

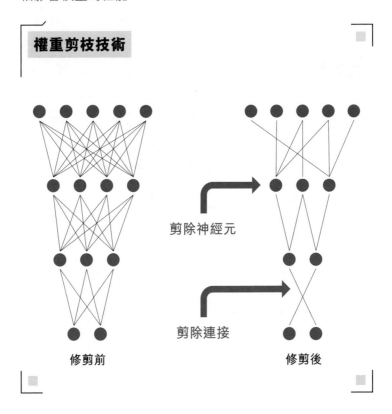

剪除神經元

剪除連接

修剪前　　　　　　　　　　　修剪後

__權重量化

在權重量化(weight quantization)的過程中，模型的權重精度降低，例如將32位浮點數(floating point number)減少到8位或更低。假設有一組數字「0.12345678」，它是一個32位的浮點數。經過量化，我們可能只保留「0.123」，這樣就只需要8位或更少的精度來表示。雖然我們失去了一些精度，但對於很多應用來說，這個差異可能並不明顯，卻節省了不少儲存空間和計算時間。這的確大大減少了模型的大小和運算需求，但亦可能會稍微影響性能。

__神經網絡結構搜索

神經網絡結構搜索(neural architecture search, NAS)旨在找到最優化的神經網絡結構，務求在保持性能的同時，參數和運算需求減至最少。

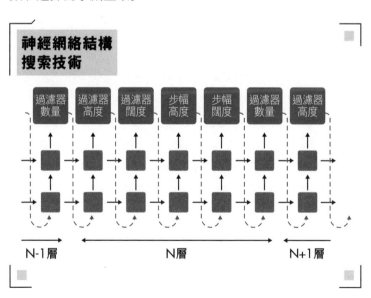

神經網絡結構搜索技術

過濾器數量　過濾器高度　過濾器闊度　步幅高度　步幅闊度　過濾器數量　過濾器高度

N-1層　　N層　　N+1層

值得注意的是，模型壓縮的最終目的是找到適當的平衡點，使模型既能保持高性能，又能適應運算和儲存的限制。藉著這些技術，可以使龐大的模型適應較小、較低功率的裝置，從而使AI技術更加普及。

至於早前提及的邊緣運算，除了是指小型裝置上那些運行的軟件程式之外，它跟AI發展又有什麼關係？

◉ 邊緣運算

邊緣運算近年來成為了雲運算（cloud computing）和AI領域的熱門詞彙。簡而言之，邊緣運算是一種分散式運算（distributed computing）範式，它把數據的處理過程從中心化的數據中心轉移到離數據源更近的位置，如各種端點裝置（endpoint device）、邊緣節點（edge node）或邊緣伺服器（edge server）。

例如，在智慧城市中的交通監控系統，每個交通攝影機都會捕捉大量的視頻數據。在傳統的中心化模型中，所有視頻數據都會被傳送到一個中央數據中心進行分析，這可能會導致延遲和網絡擠塞。但在邊緣運算模型中，這些攝影機可以在現場即時分析數據，例如識別交通擠塞或事故，並只將重要的事件訊號傳送到中央數據中心。這樣，我們就能夠更快速地做出反應，同時減少不必要的數據傳輸和儲存成本。

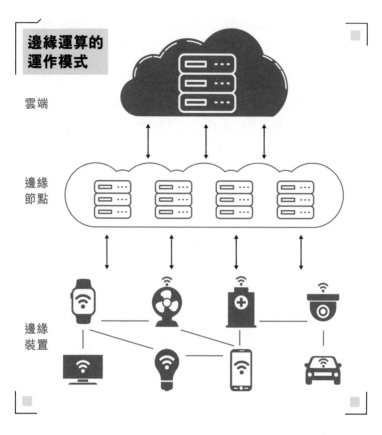

邊緣運算的運作模式

雲端

邊緣節點

邊緣裝置

邊緣節點或邊緣裝置在現實中可存放於多種位置，具體取決於應用場景和設計。以下是一些常見的邊緣節點的位置：

• **物聯網裝置**(IoT device)：如智能燈泡、智能風扇等。這些裝置通常帶有一些基本的運算能力，能夠進行簡單的數據分析和處理。

• **移動設備**：如智能手機、平板電腦、筆記本電腦等。

這些裝置具有較強的運算能力，可以執行較為複雜的數據處理任務。

- **路由器（router）和交換器（switch）**：在一些先進的網絡架構中，路由器和交換器可能被增強以支援邊緣運算功能，從而在數據傳輸過程中進行初步的數據處理。

- **邊緣伺服器**：這些是專門為邊緣運算而設的伺服器，它們可能部署在靠近用戶的位置，例如手機發射站、企業內部、商場或其他公共場所。

總體來說，邊緣節點可存在於從數據中心到邊緣裝置之間的任何位置，主要目的是為了減少延遲、節省頻寬和提供即時的數據反饋。

◉ 邊緣運算的優勢
__減少延遲和及時響應

在許多AI應用，例如自動駕駛車輛、工業自動化系統或醫療設備等，均需要即時的響應（response）。如果所有數據都需要傳送到遠程的雲端伺服器進行處理，會造成額外的延遲，影響到系統的即時性。通過在邊緣裝置處理這些數據，可以確保快速且及時的響應。

__節省網絡頻寬和成本

隨著越來越多的裝置連接到網絡，數據的傳輸量也呈指數級增長。將所有數據傳送到雲端不僅會消耗大量的網絡頻寬，而且可能導致昂貴的數據傳輸費用。透過邊緣運算，只

有真正需要的數據才會被傳輸，大大節省了頻寬和成本。

__隱私和安全

從隱私和數據保護的角度來看，並不是所有數據都應該或可以傳送到雲端。對於涉及個人隱私或敏感訊號的數據，邊緣運算提供了一個在本地進行處理的機會，避免數據外洩或被不適當使用。

__彈性和可靠性

邊緣運算允許AI應用在斷線或網絡不穩定的環境中運行，那麼，即使在遠程地區或網絡覆蓋不佳的場所，裝置仍然可以正常運作，不受中央伺服器的影響。

智慧手機、物聯網裝置、路由器，甚至是無人機，都是邊緣運算的典型例子。它們通常裝有專用的硬件，如專為AI運算設計的晶片或優化過的CPU和GPU，以支持高效的本地數據處理。

以智能手機為例，當你使用語音助理、面部識別或其他AI功能時，大部分的處理過程都是在手機上完成的，而不是在遠程的雲端伺服器上，這確保了快速的響應和更好的用戶體驗。

邊緣運算令AI程式之用戶體驗獲得提升，而量子運算則針對運算資源及時間進行優化。

◉ 量子運算

量子運算是基於量子力學原理的一種全新的運算方式，它的運算能力有可能遠超傳統的電腦。雖然量子運算還處

於初步的研究階段，但人們已經開始探索它在AI中的潛在應用，例如量子機器學習演算法可能會大大加速模型的訓練和推理過程。同時，量子硬件也為某些特定的AI問題提供了新的解決方案。

傳統的運算單位是二進制的位元，其狀態為0或1。而量子運算使用的基本單位是量子位元（quantum bit, qubit）。一個qubit可以同時處於0和1的狀態，這種特性被稱為「量子疊加」（quantum superposition）。此外，量子系統中的多個qubit之間存在一種稱為「量子糾纏」（quantum entanglement）的特性，一個qubit的狀態會即時影響到其他與之糾纏的qubit的狀態。

「疊加」和「糾纏」這兩個主要特性，使量子電腦在執行某些特定的運算任務時，相對於傳統電腦具有驚人的優勢。例如，執行大規模的數據搜索、因數分解等任務，量子電腦需要的時間遠遠少於傳統電腦。

那麼，量子運算如何與AI結合？

● **模型訓練速度的提升**：預早設定其平行處理的能力，量子電腦在處理大規模的模型訓練和優化問題時，可以大大超越傳統電腦。這對於當前深度學習模型的訓練，特別是需要龐大數據和運算資源的模型，作出了顯著的貢獻。

● **優化問題**：許多AI應用，如路徑規劃、資源分配等，都可以歸類為優化問題。如量子近似優化演算法（Quantum Approximate Optimization Algorithm, QAOA）就展示了有效加快解答的潛力。

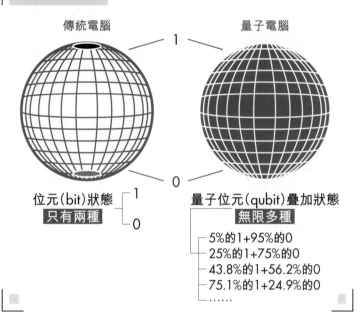

傳統 VS 量子
的運算方式

傳統電腦　　　　　　　量子電腦

1

0

位元(bit)狀態　┌1　　量子位元(qubit)疊加狀態
　只有兩種　　└0　　　　無限多種

　　　　　　　　　　┌ 5%的1+95%的0
　　　　　　　　　　├ 25%的1+75%的0
　　　　　　　　　　├ 43.8%的1+56.2%的0
　　　　　　　　　　├ 75.1%的1+24.9%的0
　　　　　　　　　　└ ……

● **模型壓縮與加速**：量子運算的平行運算性質意味著在某些場景下，它可以有效地壓縮和加速模型的運行，使其適合部署在有限資源的裝置上。

● **隨機模擬和抽樣**：量子系統天生的隨機性質為基於機率的AI演算法提供了直接的模擬和抽樣機制。

　　儘管量子運算在AI領域展現出巨大的潛力，但它仍然面臨著諸多挑戰，當前的量子電腦仍受限於誤差率、qubit的數量和穩定性等問題。此外，如何將現有的AI演算法轉化為量

子版本，以及如何在傳統和量子運算間實現有效的協同，都是有待解決的重要問題。

隨著模型與演算法變得日趨複雜，單純依靠硬件或軟件的進步已經無法滿足迅速增長的運算需求。無論是傳統硬件還是新型的量子硬件，充分發揮其潛力都需要軟件的配合。因此，硬件和軟件的協同優化逐漸成為提高效率的核心手段。

◉ 硬件和軟件的協同優化

當硬件設計考慮到特定的軟件應用特性時，或者軟件在編寫時針對特定硬件進行優化，整體系統的性能和效率都會得到顯著提升。這種緊密的協作不僅涉及硬件設計師與軟件開發者之間的交互（interaction），更包括在研發初期進行多方面的策略考慮。

例如，在深度學習領域中，特定的運算任務（如卷積、矩陣乘法等）特別消耗運算資源，特定的硬件，如特定應用積體電路（application specific integrated circuit, ASIC）或現場可程式化邏輯閘陣列（field programmable gate array, FPGA）可以為這些任務進行專門的優化，從而提供比傳統CPU或GPU更好的性能。但這同時要求深度學習框架或演算法作相應的調整以適應這種專門化的硬件。

進一步來說，當硬件設計者了解到某一演算法或工作負載的運算瓶頸在哪裡，他們就可以設計出更加針對性的指令集或硬件架構來解決這一問題。反之，軟件開發者在了解到

硬件的特定特性後，也可以編寫出更高效的代碼。

實際上，這種協同優化的思路已被應用於眾多的AI領域，許多深度學習硬件平台，如Nvidia的統一計算架構（compute unified device architecture, CUDA）或Google的張量處理單元(tensor processing unit, TPU)都提供了專為其硬件設計的軟件開發工具，以確保開發人員可以充分利用硬件的性能。

同時，隨著邊緣運算的興起，許多AI應用需要在有限的資源條件下運行，使硬件和軟件的協同優化在這些場景下顯得更為重要。例如，當AI模型需要在一個低功耗的物聯網裝置上運行時，只有通過深度的硬件和軟件優化，才能確保模型能夠在有限的運算資源和能源消耗下運行。

然而，隨著硬件和軟件變得越來越複雜，亦增加了兩者協同優化的難度，加上不同的AI應用和場景對硬件和軟件的需求也各不相同，難以實現一個通用的優化策略。

從模型壓縮到邊緣運算，再到量子運算，以至硬件和軟件的協同優化，硬件的未來發展趨勢正展現出前所未有的可能性和潛力。雖然面臨著多方面的挑戰，但隨著這些技術進一步的研究和實踐，相信AI在未來將會變得更加高效、普及和人性化，徹底改變我們的生活和工作方式。

Chapter **4** 自然語言處理與
大型語言模型

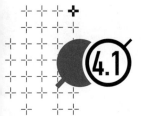

4.1 自然語言處理的基本概念

　　自然語言處理(natural language processing, NLP)是目前AI領域中最具挑戰性和最具影響力的分支之一，它扮演著一個橋樑的角色，將人類的自然語言和機器演算法相互連接，使電腦能夠理解和生成人類語言，令機器與人類進行自然、流暢的互動。以下我們將深入探討NLP的基本概念、對於AI的重要性，以及衍生的多種工具和技術。

◉ 什麼是自然語言處理(NLP)？

　　開發AI的目的，是希望機器模擬人類的智慧完成各種任務，這些任務涉及的範疇非常廣泛，從簡單的運算和資料分析，到複雜的圖像識別、語音合成、決策制定等。然而，在這些任務中，語言是一個非常特殊的領域，因為語言不只是一種訊號交換的工具，它還承載著文化、情感、思考邏輯和社交互動的多重意義。要令機器理解語言，並且能夠自然地與人類進行語言互動，無疑是AI發展的一個重要里程碑。

　　NLP的範疇包括從基礎的語法結構和語意分析(semantic analysis)，到高階的情感分析(sentiment analysis)、自然語言生成(natural language generation, NLG)和機器翻譯等多種技術。每一種技術都是為了解決一個特定的語言問題，例如怎樣準確地分辨句子的主語(subject)和賓語(object)、如何判定一段文字的主觀情感，或者如何將一段英文翻譯成精確

的中文等。

語言是人類文明的基石，它不只是一系列隨意排列的單詞或符號，還有其內在的結構和邏輯，令語言成為一個有意義且功能強大的溝通工具。為了深入探索語言的結構性，我們將集中討論句法、語意及篇章這三大核心部分。

◉ 語言的三大結構：句法、語意及篇章

首先，句法(syntax)是語言結構的基礎，它研究的是詞和詞組如何組成句子，以及這些詞和詞組在句子中的功能和關係。以中文句子「我愛你」為例，從句法角度來看，「我」是主語，「愛」是謂語，而「你」是賓語。這樣的句法結構確定了句子的主旨和訊號。不同的語言可能有不同的句法規則，但它們都有共同的目的，就是確保語言的表達準確而清晰。

接著，語意學研究的是詞、短語或句子的意義。當我們說「蘋果是紅色的」，這除了是一個句法結構，更加是具有明確意義的描述——告訴我們某一物件(蘋果)具有某一特性(紅色)。語意不僅涉及到單詞的具體意義，還包括詞與詞之間的關係，例如反義詞、同義詞等。此外，語境也是語意理解的重要部分，同一個詞在不同的語境中可能有不同的意義。

最後，篇章指的是超越單一句子的語言結構，它由多個句子組成，並共同傳達一個完整的訊號或故事。篇章不僅是句子的簡單串聯，篇章內存在著邏輯和關聯性。例如，在一篇敘事文章中，前後句子之間可能存在因果、時間或空間的

連接。篇章分析的重點是如何確保這些句子之間的流暢性和一致性，使整體訊號或故事得以清晰、有序地被傳達。

然而，NLP在AI應用中不只是為了解決語言問題，它更重要的角色是成為連接人和機器的橋樑。我們現在所使用的各種智能助理、語音識別系統、智能聊天機械人等，背後都依賴著強大的NLP技術。這些技術不僅使機器能夠理解我們的話，更可令機器理解我們的意圖、需求和情感。

因此，自然語言處理在AI中的地位舉足輕重，是AI技術的一個重要組成部分，更是確保AI技術能夠真正為人們帶來價值，實現「人機」和諧共生的關鍵所在。

回想起電腦初創時代，人類與機器之間的互動主要依賴基礎的命令輸入介面。雖然這種方式對於早期的程式員或專業人員來說可能是有效的，但對於大多數用戶來說，學習這些命令和語法是一大挑戰。然而，隨著NLP技術的發展，這一切都發生了翻天覆地的變化。

現時電腦和智能手機已經能夠理解並回應我們以自然語言提出的問題或命令，當你拿起手機問智能助理「明天的天氣如何？」或「最近的漢堡店在哪裡？」，背後運作的正是NLP技術。

然而，人機交互不是只有問答或命令。隨著語音識別技術的進步，NLP已經運用於不少家庭中的自動化系統，為了提供更自然、更人性化的交互體驗，系統必須能夠理解用戶的語言，並作出合適的回應，這正是NLP致力研究和發展的方向，令機器不再是冷冰冰的演算法，而是可以與人們進行

有意義的交流。

◉ NLP的三大挑戰：脈絡理解、俚語識別和情感分析

NLP雖然在許多領域取得了驚人的進展，但仍然面臨許多具有挑戰性的問題。這些問題中，脈絡（context）理解、俚語（slang）識別和情感分析尤其受到關注。以下將深入探討這些挑戰，以及它們為什麼對NLP領域如此重要。

首先，脈絡理解是NLP中一個持續存在的問題。語言本身是高度脈絡化的，同一個詞或短語在不同的情境中可能具有完全不同的意義。例如，「bank」這個詞可以是指河流的岸邊，也可以指金融機構。只有通過理解句子或段落的整體脈絡，才能正確地把握其意義。傳統的NLP方法往往難以處理這種脈絡性，而隨著近年來深度學習的發展，模型如BERT（Bidirectional Encoder Representations from Transformer）和GPT（Generative Pre-trained Transformer）等開始展現出在脈絡理解上的強大能力，但仍然不是完美的。

另外，隨著社交媒體和網絡文化的興起，新的俚語和網絡用語層出不窮。這些語言形式往往受地域影響，更迭速度快，令NLP模型難以跟上其發展速度。例如，某些特定社群或國家可能會有其獨特的俚語和表達方式，而這些語言現象在其他地方可能完全未被認知。因此，只有不斷地更新訓練數據和重新訓練模型，才可令NLP模型識別和理解這些俚語。

情感分析是NLP的另一難題，它的目的是從文本中識別

和提取情感或情緒。這聽起來似乎很簡單，但實際操作極為困難。人類的情感是多層次、多維度的，且常常是模糊不清及矛盾的。例如，一篇文章可能同時包含悲傷和憤怒的情感，或者在表達喜悅的同時伴隨著諷刺等，要識別這些微妙而複雜的情感，需要高度的脈絡理解和深入的語言模型。

NLP領域中有多種工具和技術，幫助研究人員和工程師解決上述的問題。分詞（tokenization）是許多NLP任務的第一步，它是將文本分成單詞或詞彙單位的過程。

在中文世界，詞語之間沒有明確的分隔標記，所以要正確地分割句子成為有意義的詞彙單位是非常重要的。分詞技術大致上可以分為基於規則的方法和基於統計的方法。基於規則的方法主要依靠預先定義的詞典和語法規則來實現分詞，而基於統計的方法則使用大量的語言資料庫來學習詞彙之間的機率關係。隨著深度學習的發展，許多基於神經網絡的分詞方法也被提出，它們通常可以更好地處理未知詞和關聯模糊的情況。

語言模型（language model）是近年NLP領域的另一個討論熱點，其目的是當一段文本被輸入後，預測下一個詞彙會是什麼。傳統的語言模型通常基於n元語法（又稱n-gram）統計方法，它依靠大量的文本數據來計算詞彙之間的共同出現機率。但這樣的模型在需要考慮到離當前詞彙較遠的其他詞彙的訊號或語境時，往往表現不佳。隨著深度學習技術的發展，基於神經網絡的語言模型，如長短期記憶網絡（long short-term memory, LSTM）和變換器（transformer）架構，已經遠遠超越了傳統方法。特別是像BERT和GPT這樣的模型，它

們能夠捕捉到文本中的深層次脈絡訊號，並在各種NLP任務中取得了前所未見的成果。

　　除了上述的方法，NLP領域還有許多其他的工具和技術，如句子解析、命名實體識別（named entity recognition, NER）、關係抽取（relation extraction）等。這些技術在不同應用場景中都發揮著重要作用，例如，句子解析可以幫助我們理解句子的語法結構和語意關係；命名實體識別則可以從文本中提取出具體的人名、地名或機構名稱；而關係抽取則旨在識別文本中兩個實體之間的關係。

　　隨著越來越多的數據在網上生成，從社交媒體到學術論文，NLP成為了數據分析和訊號提取的主要工具。現時不僅是技術人員，普通大眾也開始體會到NLP的重要性。

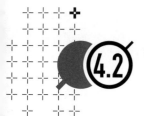

4.2 自然語言生成與理解

　　自然語言生成(natural language generation, NLG)是自然語言處理(natural language processing, NLP)的一個重要分支，主要涉及從數據生成人類語言的過程。其核心目標是確保機器能夠以流暢、具有語境意識且語法正確的方式輸出文字，以滿足特定的溝通目的。

　　這功能之所以重要，是因為在當今數據驅動的世界中，我們每天都在創造大量的數據，但往往缺乏有效的方式將這些數據轉化為有意義的、人們可以理解的訊號。NLG技術則成為連接兩者之間的橋樑，它除了把數據轉換為文字外，更重要的是將這些文字組織成具有語境、情境和意義的描述。

◉ 自然語言生成(NLG)

　　在從數據到文字的轉化過程中，NLG需要考慮多個要素。首先，它需要確保生成的語言的語法正確，即需要有能力組合詞彙和句子結構，以產生流暢的語句。其次，NLG必須確保生成的文本是有意義的，這要求系統理解數據的前文後理和重要性，並能夠識別哪些語句是關鍵訊號，哪些可以忽略。最後，生成的文本應該是多樣的，這代表它應該能夠根據目標受眾的需求來調整其語言和風格。

　　值得注意的是，NLG不只是一個技術問題，它也涉及

語言學、心理學和社會學等多個學科。為了有效地從數據生成語言，我們需要深入理解語言是如何工作的，以及人們是如何使用和理解語言。

◉ 自然語言理解(NLU)

自然語言理解(natural language understanding, NLU)是自然語言處理的另一個重要分支，著重於令機器能夠理解、詮釋和回應人類的自然語言輸入。相對於NLG，NLU更像是NLP的「輸入」部分，而NLG則是「輸出」部分。NLU的核心任務就是確保機器能夠準確理解文本的真正含義，以及使用者的真實意圖。

文本理解涉及解碼語言中的數個元素，包括理解句法、詞義和前文後理。考慮到語言的複雜性和多樣性，這並不是一個簡單的任務。例如，同一個詞在不同的語境中可能有不同的含義。同時，句子的結構和語法也可能隱含著某種特定的意義或情感。

意圖辨識(intent detection)則是另一個核心任務。當使用者與語音助理、聊天機械人或其他AI系統進行交流時，該系統需要快速且準確地辨識出使用者的需求或目的。例如，當某人說：「我想訂一張明天飛往英國倫敦的機票」，系統首先要理解這句話的基本意義，而且還要識別出使用者的真正意圖是「購買機票」。

NLU的挑戰在於機器需要考慮到語言的所有細微差異和複雜性。人類在日常交流中使用的語言充滿了暗示、比喻和

文化背景知識，因此，令機器真正「理解」語言比我們想像的要困難得多。此外，語言本身也是不斷演化和變化的，這導致NLU的任務變得越來越複雜。

但隨著技術的發展，我們已經取得了巨大的進步。例如，模型如BERT專注於理解文本的前文後理，從而能夠更好地捕捉詞語的真正含義。這種模型通過對大量文本進行訓練，學會了如何更加準確地解釋和理解語言。

自然語言生成（NLG）和自然語言理解（NLU）是自然語言處理領域中的兩大核心分支。雖然它們都涉及到語言和其結構的深入研究，但其目標、方法和挑戰都有所不同。了解它們之間的差異及如何互動，有助於我們更全面地理解自然語言處理的完整流程。

NLP（自然語言處理）的兩大核心分支

NLP
（自然語言處理）

NLG
（自然語言生成）

NLU
（自然語言理解）

◉ NLG和NLU的分別和互動

首先，NLG旨在從結構化的數據中生成流暢、自然的語言輸出。例如，從天氣數據中生成詳細的天氣報告，或從統計數據中產生新聞報道。相對而言，NLU的主要目的是解析和理解自然語言輸入，提取其內在的意義和意圖，並將其轉化為機器可以處理的結構化格式。所以NLG和NLU兩者的主要目標有著明顯分別。

在方法上，NLG往往依賴於模板、規則或統計方法，以確保生成的語言準確且具有流暢性。隨著技術越趨成熟，最近的NLG系統利用基於神經網絡的方法，能夠產生更自然、更具說服力的語言輸出。而NLU則重視語意和語境的解析，需要深入挖掘文本中的隱含意義，並正確識別使用者的意圖。

NLG和NLU各有其獨特的挑戰。對於NLG，如何確保生成的語言不僅正確，還要引人入勝，這是一個持續的問題。此外，亦需要防止生成具有偏見或錯誤的訊號。而NLU的主要挑戰在於解決語言的歧義，捕捉前文後理中的細微之處，並處理各種語言和文化的特殊情境。

然而，NLG和NLU兩者並不是孤立的，它們之間存在著深度的互動。當我們的系統能夠通過NLU更好地理解語言，它也有可能通過NLG生成更自然的語言輸出。一個強大的NLG系統可以為NLU提供豐富的語言材料，幫助其更好地訓練和理解語言的各個方面。在很多應用程式中，例如聊天機器人（chatbot），NLU和NLG必須緊密合作，以確保流暢

且有意義的人機交互。

◉ NLU和NLG合作的NLP應用場景

在我們的日常生活中，自然語言處理技術早已滲透各行各業，為使用者提供了前所未有的便利。自動生成新聞文章及語音助理等應用已經成為現今科技發展的代表，顯示出NLG和NLU技術的強大潛能。

自動生成新聞文章主要利用NLG技術從結構化的數據中自動生成新聞報道。以財經新聞為例，系統可以根據股票市場的即時數據，自動撰寫關於市場動態的報道。這種自動化的方式不僅提高了新聞的產出速度，還確保了在大量數據中快速、準確地提取訊號。但是，這也帶來另一隱憂——如何確保生成的內容達到專業新聞的質量標準，或如何避免偏見和錯誤？

另一例子是語音助理，這類產品涉及到NLU和NLG的緊密結合。當使用者對語音助理說話時，NLU技術首先會解析語音並將其轉化為文字，然後提取出意圖和其他相關訊號。解析的結果可能是查詢資料、設定提醒，或是執行其他任務，系統便會根據結果進行回應。在回應使用者時，NLG技術則生成合適的回答或指令。現時的語音助理不僅能夠理解人類的語言，還可與使用者進行流暢的對話。

除了上述兩個例子外，還有許多其他的NLP應用場景。例如，客服機械人可以自動回答客戶的常見問題；自動翻譯工具能夠將文本快速翻譯成多種語言；情感分析工具可以從

用戶評論中提取出情感和意見，協助企業了解顧客的需求和反饋。

這些應用的背後，都有一系列複雜的技術支撐。從文本預處理、意圖識別，到文本生成和優化，每一步都涉及到深入的研究和演算法開發。一系列的先進模型和技術為這一領域帶來了革命性的變革，尤其是GPT（Generative Pre-trained Transformer）和BERT（Bidirectional Encoder Representations from Transformer）這兩大模型，它們在眾多NLP任務上都取得了優異的表現，從而確立了各自在語言模型領域的領先地位。

__GPT和BERT的運作模式

GPT是一種基於變換器（transformer）架構的生成式預先訓練模型，它首先在大量的文本數據上進行無監督學習，學習文本的隱含結構和語言規律，再利用這些知識完成特定的NLP任務，如文本生成或情感分析等。GPT的特點是它使用了單向的注意力機制，只考慮前文的訊號，不考慮後文。

以這句子為例：「今天天氣真好，適合_____。」

當GPT試圖預測空白處的詞彙時，它會考慮「今天天氣真好，適合」這段前文訊號，但是不會考慮空白之後的任何詞彙或句子，因為模型只往前看。基於前文「今天天氣真好」，GPT可能會預測「適合」後面的詞彙是「出外遊玩」或「散步」等。

即使GPT只考慮前文訊號，它在多項語言生成任務中的表現還是達到了前所未有的水平。

然而，在某些任務上僅僅考慮前文的話，語言生成的表現可能會差強人意。例如在問答系統或命名實體識別中，後文的訊號對於正確理解當前詞彙亦非常重要。於是，BERT模型就應運而生。

與GPT有別，BERT使用了雙向的變換器架構，同時考慮前文和後文的訊號，這令BERT在理解語境上更為精確，從而在許多NLP任務上都取得了突出的表現。特別是在理解語境、詞義消歧（word sense disambiguation, WSD）等複雜任務上，BERT展現出了極強的優勢。

這兩種模型除了結構上的不同外，還有一個重要的差異，就是訓練策略。GPT主要依靠生成式訓練，從前文預測下一個詞彙；而BERT則是通過遮蔽（masking）部分詞彙，再試圖從上下文中恢復這些被遮蔽的詞彙，這被稱為masked language model（MLM）。

以這句子為例：「我今天去圖書館借了一本書。」

在訓練BERT的過程中，該模型可能會隨機選擇一個或多個詞彙來遮蔽。例如遮蔽「圖書館」，句子就會變成：

「我今天去〔遮蔽〕借了一本書。」

接下來，BERT的任務就是利用「我今天去＿＿＿借了一本書」這些上下文訊號，嘗試預測遮蔽的實際詞彙，即「圖書館」。

雖然GPT和BERT在許多方面有所不同，但它們在某些應用中也有著相互補充的作用，例如在生成和理解的混合任務

中，利用GPT的生成能力和BERT的理解能力，可以得到更加精確和流暢的結果。

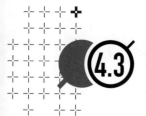

(4.3) 大型語言模型的原理與功能

語言是人類社會交往的核心，它不僅承載了知識和情感，還是文化和思想的載體。近年，我們嘗試利用機器來理解和生成語言，這就涉及到語言模型。以下將探討大型語言模型(large language model, LLM)的原理和功能，並從不同角度深入解析其背後的技術和應用。

◉ LLM的機率分佈預測

當我們在閱讀或聆聽時，我們經常會在腦中自動預測下一個即將出現的詞語。這種語言直覺是基於我們過去的經驗和對語言結構的深入了解。在電腦語言學領域，這種能力被模擬成所謂的「語言模型」(language model)，其核心任務是每當給予一系列詞語後，預測下一個最有可能的詞。

語言模型在最基礎的形式中，可以被視為一種機率分佈。當輸入前面的一些詞語，模型將試圖分配機率到所有接下來可能會出現的詞語。例如輸入句子「我今天去公園玩，我覺得很」，緊接著的詞可能是「開心」、「累」或其他形容詞。語言模型的工作就是給這些詞分配機率，令最有可能出現的詞得到最高的機率。

過去，語言模型通常基於統計方法，例如n-gram模型。這些模型會從大型文本語言資料庫中統計每個詞語組合的出

現次數，從而估算機率。例如，一個2-gram（或bigram）模型會考慮前面的兩個詞來預測下一個詞。然而，這種方法有其局限性，特別是當考慮更長的詞語序列時，因為實際的語言資料庫中不一定包含所有可能的詞語組合，所以這種模型在處理較長序列時會遇到困難。

隨著深度學習技術的興起，新的語言模型如遞歸神經網絡（recurrent neural network, RNN）和變換器（transformer）架構，尤其是像BERT和GPT這樣的大型模型，已經能夠考慮更長的詞語序列並做出更準確的預測。這些模型的核心是使用嵌入層（embedding layer）將詞語轉化為詞向量（word embedding），然後通過多層的神經網絡進行計算，最後輸出每個可能詞的機率。

這種預測下文的能力不僅限於一個詞。現代的語言模型，如GPT-3（甚至GPT-4及往後進階版本），可以生成整個句子甚至段落，並保持語境一致，語言自然流暢。

NLP領域的進步主要來自於在大型數據庫進行的大型模型訓練，其中模型的訓練和微調是確保模型效能的核心部分。

◉ 模型訓練和微調

「訓練」是使用大量文本數據來「教導」電腦如何理解語言。模型訓練的目的是透過學習大量的文本樣本，使模型能夠對文本中的語句或片段進行有效的預測。如果向模型輸入句子「我喜歡吃⋯⋯」，模型的任務就是預測接下來的可能

詞，如「蘋果」或「巧克力」。在此過程中，模型會調整其內部的參數，以便更好地對下一個詞進行預測。這種大規模的訓練需要龐大的運算資源和時間，但結果是可以創建出一個能夠理解和生成語言的強大工具。

然而，雖然基本的訓練可以使模型具有一般的語言能力，但要令其真正適用於特定任務，還需要進一步的微調，這是因為不同的應用場景有其特定的語言和語境特點。例如，醫學文獻的語言風格和用詞與日常對話或新聞報道是完全不同的。

「微調」是模型在已經接受了大量基礎訓練後，針對特定的任務或數據集進行的額外訓練。通常，這過程會利用一個較小且具有針對性的數據集來再一次進行模型訓練。例如，我們希望模型能夠進行醫學診斷，那麼可能會在一組標記了疾病名稱和症狀的文本上進行微調。

值得注意的是，微調不只是對模型進行特化，它還能提高模型的準確性。因為在微調階段，模型已經具備了基本的語言知識，所以它可以更專注於學習新任務的細節，而不是由零開始。

◉ 深度學習對語言模型的影響

深度學習在語言模型中扮演著關鍵角色。過去，語言模型主要基於統計方法，但隨著運算能力的提升和數據量的增長，深度學習技術已被廣泛應用於語言模型中。

要了解深度學習如何影響語言模型，我們必須先回顧傳

統的語言模型。傳統上，語言模型經常使用統計方法，但這些方法依賴於詞彙的頻率和共現（co-occurrence）關係，在面對長篇的文本和複雜的語境時，常常顯得力不從心。

而深度學習的出現改變了這一格局。深度學習模型，特別是深層神經網絡，能夠捕捉文本中的深層結構和語境。這意味著模型不僅可以看到詞彙之間的直接關係，還可以捕捉到更抽象、更高層次的語言特徵。這種能力使得深度學習模型在處理語言時能夠有更高的靈活性和準確性。

其次，深度學習模型具有自動特徵學習的能力。在傳統的語言模型中，研究人員經常需要手動設計特徵，這是一個既耗時又困難的過程。但在深度學習模型中，模型可以自動從數據中學習有意義的特徵，這除了大大簡化模型設計的過程外，還讓模型能夠從原始數據中挖掘出更多有價值的訊號。

此外，深度學習還帶來了轉移學習（transfer learning）的機會。一旦訓練了一個大型的深度學習語言模型，這個模型就可以被應用到各種不同的NLP任務中，包括文本分類、情感分析，甚至機器翻譯和文本生成。這是因為模型在基本訓練過程中已經學會了語言的基本結構和特徵，所以它可以很容易適應新的任務。

語言模型，特別是現代基於深度學習的大型語言模型，無疑已經為自然語言處理領域帶來了重大進展。它們具有多種優勢，但也伴隨著一些不可忽視的限制。

◉ 大型語言模型的優勢和限制

先談論優勢，大型語言模型因其龐大的參數和廣泛的訓練數據，可以捕捉到語言中的細微差異和多樣性，能夠生成在風格、語境和質量方面都與人類接近的文本。這些模型的強大之處在於它們可以理解和使用各種語境提示，進而創建連貫、相關且有意義的文本內容。因此，從自動生成新聞報道到協助作者編輯文稿，這些語言模型都已證明它們的價值。

再者，這些模型的泛化能力(generalization ability)也是其主要優勢之一，即是指這些經過訓練的模型可以適應各種不同的任務和語境，無須從零開始訓練。這讓開發者可以利用預先訓練的模型來進行微調，以適應特定的應用場景或需求，從而節省大量的時間和資源。

但值得注意的是，這些模型可能會產生或放大現有數據中的偏見(bias)。模型的訓練數據均來自現實世界，而現實世界充滿了各種文化、社會和歷史背景的偏見。當模型從這些數據中學習時，它不僅學到了語言的結構，還可能學到了這些偏見。

這種偏見的出現有可能導致一系列問題，例如當模型用於生成文本或回答問題時，可能會產生有偏差或冒犯性的內容。對於那些依賴語言模型的商業應用或社交媒體平台，這有可能導致品牌形象受損或用戶體驗下降。

解決這些模型偏見的問題是當前研究的重點，許多研究人員正在尋求方法，以確保模型的公正性、透明性和可解釋

性，這包括更加公正的數據收集方法、模型的後處理技術，以及用戶反饋機制等。

　　大型語言模型已經在各種應用中展現出強大的潛力，從簡單的文本生成到複雜的問答系統，它們都在協助人們更有效地處理和獲取資訊。然而，正如所有技術一樣，我們也應該意識到它們的限制，並在使用時採取相應的措施，正確和公正地應用這些模型。

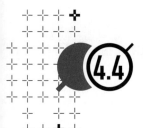

4.4 對話型 AI 的應用

在現今資訊爆炸的時代，人與機器之間的互動變得越來越緊密。而在這互動的過程中，如何令機器更自然、更人性化地與人溝通，成為當前的研究熱點。對話型AI（conversational AI）正是在這背景下崛起的技術之一。

對話型AI，也被稱為對話代理（agent）或聊天機械人（chatbot），是一種使用自然語言處理（NLP）技術來理解、生成和回應人類語言的AI系統。當使用者向對話型AI提出問題或請求，AI可以理解用戶的意圖，然後給予相應的回應。這種AI不只是基於關鍵詞進行匹配，還會透過分析整句的語境和語意進行回應。

對話型AI的應用範疇相對廣泛，從常見的問答自動回應機械人，到複雜的個性化客戶服務代表，在各種場景中都佔一席位。它們既可以基於規則來操作，也可以利用機器學習來不斷地學習和優化。例如，初級的對話型AI只能回答特定問題，而高級的AI，如ChatGPT，則可以進行開放領域的對話，涉及各種主題和情境。

值得注意的是，對話型AI並不限於文字上的交流。語音助手，如Apple的Siri或Amazon的Alexa，也是對話型AI的一類。這些系統可以理解和產生語音，並與用戶進行自然語言對話。

　　對話型AI和傳統的搜尋引擎有何不同？它們的主要區別在於交互模式。傳統的搜尋引擎需要用戶提供關鍵詞，它再回饋最相關的結果；而對話型AI則更注重與用戶的交互體驗，它試圖理解用戶的真實需求，並提供更加精確和個性化的回應。

　　當我們與ChatGPT這類對話型AI進行互動時，背後的工作原理是什麼呢？這些系統是如何理解我們的問題並產生回答的？

◉ 對話型AI的工作原理

　　首先，對話型AI背後的核心技術是自然語言處理。當用戶向對話型AI提出問題時，AI會首先進行「語意解析」，將輸入的句子分解成可理解的部分，例如主語、謂語和賓語。此外，AI還會嘗試捕捉詞彙之間的關係，以及整體句子的情境。例如，「天氣如何？」和「外面冷嗎？」這兩個問題使用了不同的詞彙，但在語意上可能有相似的含義。

　　一旦AI理解了用戶的問題，它會利用巨大的數據庫或知識圖譜，尋找相關的回答。對於ChatGPT這樣的先進模型，它們通常是基於先前的訓練，進行大量的文本數據學習，以理解語言的細微之處和概念之間的關聯。

　　生成回答的過程也是基於自然語言生成（NLG）技術。AI不僅是從預定的回答列表中選擇，還可以動態地、根據前文後理來生成回答，令對話顯得更自然、更人性化。

　　另外，對話型AI還有一個重要的特性，就是具備「狀態

記憶」（state memory）的能力。對話的前一個問題的內容可能會影響後續的回答，例如，用戶先問「你認識法國嗎？」，接著問「它的首都是什麼？」，那麼AI就需要理解「它」指的是第一個問題提到的「法國」。

對話型AI不只是基於規則或固定的演算法運作，它們通常結合了規則和機器學習方法，特別是深度學習，使AI能夠從大量的對話數據中學習。

近年快速發展的技術（如ChatGPT）帶來了眾多的優勢，但同時面臨的挑戰也不少。

◉ 即時互動的利與弊

即時互動是對話型AI的一大優勢，在今天資訊爆炸的時代，用戶都期待能夠獲得快速的回應和解答，不再需要長時間等待或浪費時間在無結果的搜索中，AI提供了一個即時的、全年無休的服務平台。這種互動除了建立在速度上之外，它還能根據用戶的提問即時調整回應或答案，提供更加個性化的服務。

這樣的即時互動也帶來了一些挑戰，其中一個難題是處理模糊的查詢。用戶在提問時，可能因為不熟悉領域、語言障礙或者其他原因，而無法提出明確的問題，那麼對話型AI必須擁有足夠的語境分析能力，才能從模糊的資訊中提取關鍵點，並給予最接近的答案。但這不是一個簡單的任務，很多時候，模型可能會提供不相關或者偏離主題的答案。

◉ 情境認知的發展和隱憂

即使是最先進的語言模型，也還未能完全理解人類的所有情感和微妙之處。例如，在一些需要高度同理心和人情味的情境中，機器可能會顯得有些冷漠或者不夠溫暖，這也是目前AI需要改進的領域。

在未來，「個性化」（personalized）對話型AI不只是提供用戶詢問的答案，更會深入了解用戶的需求、偏好和情緒，以提供更合適、更有價值的資訊。想像一下，當你向AI詢問旅遊建議時，它除了給你介紹最受歡迎的景點外，還能基於你過去的旅遊經驗和喜好，為你提供個性化的行程建議。這種個性化互動將大大提高用戶的滿意度和信任度，也使AI成為用戶日常生活中不可或缺的助手。

然而，要實現深度的個性化，光有大量的數據是不夠的。AI需要具備更強大的情境認知（situated cognition）能力，即是能夠理解和判斷當前的環境、情境和前文後理，從而給予更適切的反應。舉例說，當一位用戶在夜深人靜的時候輸入「我不想一個人」，擁有情境認知能力的AI便能夠判斷出用戶可能正感到孤單或者害怕，從而做出更具同理心和關懷的回應。

這種情境認知能力的提升不只是技術層面的進步，它還涉及到對人類情感和心理的深入理解。當AI能夠更好地理解人的情感，它的回應將更加細膩，更能滿足用戶的情感需求。

當然，這兩大趨勢的發展也帶來了一系列的挑戰和道德

考量。例如，如何確保用戶的私隱不被侵犯？AI在提供個性化建議時，是否可能引導用戶做出不理智的決策？在情境認知過程中，AI該如何平衡情感關懷和避免過度干涉？這些都是在追求更高技術水平的同時，我們必須認真思考的問題。

總括來說，AI學習過程的知識和資訊需求取決於特定的應用和模型類型。以下四點為有關AI學習過程中知識和資訊輸入的考慮：

- **大量資料的需求**：對於監督式學習（supervised learning）中的某些深度學習模型（例如神經網絡）確實需要大量訓練數據以達至良好的性能。但對於其他模型，如決策樹或邏輯回歸（logistic regression），可能不需要如此大量的數據。

- **資料選擇**：輸入哪些版本的資訊是由設計者或數據科學家選擇。例如，關於唐詩的不同詮釋，AI會根據其訓練數據中包含的詮釋進行反應。設計者必須決定是否要包括多種詮釋，或只專注於某一種。

- **資訊更新**：AI模型的知識基礎通常是固定的，至少模型在經過訓練之後並不會進行更改。這意味著模型不會自動更新其知識，除非它重新進行訓練。然而，有些系統可能會結合固定的模型和實時的搜尋引擎查詢，以獲取最新資訊。例如，某些問答系統可能會使用深度學習模型回答一些問題，並使用搜尋引擎回答其他問題。

- **連接搜尋引擎**：不是所有的AI系統都會直接連接搜尋引擎。如果系統的目的是獲取最新的、實時的資訊，則可能

會這樣做。但是，許多深度學習模型，如GPT或BERT，在訓練時已經接觸了大量的資訊，一旦訓練完成，它們的知識就固定下來了。

最後，雖然AI模型可以從大量資料中學習，但它們的「知識」仍然受到訓練數據的限制。這就是為什麼模型可能對一些問題回答得很好，但對其他問題則不熟悉。因此，在設計和訓練AI系統時，要特別注意避免偏見和不準確的資訊。

Chapter 5

人工智能生成內容（AIGC）技術

AIGC 技術的基礎

在科技的演進中，內容生成技術不斷進步，從最初的簡單模板到現在的人工智能生成內容（artificial intelligence generated content, AIGC）。但究竟AIGC和傳統的生成技術有何不同？現在就讓我們來一起解開這個謎團，了解AIGC的獨特之處，以及它與傳統方法的區別。

◉ AIGC和傳統的生成技術的分別

想像一下，你有一個機械人，要操控它的話，需要告訴它每一步該怎麼做。例如，你要它畫一個蘋果，你需要告訴它先畫一個圓圈，再加上一個小小的莖，最後填上紅色。這就是我們以前讓電腦幫我們生成內容的方式，非常具體且按部就班。

現在利用AIGC技術，我們不再需要逐步告訴機器每個細節，只需要給它很多蘋果的圖片，它就可以學會自己畫蘋果，甚至可能會嘗試畫出各種新形態的蘋果。這就像你讓一個孩子看很多蘋果的圖像，之後他也可以用自己的方式畫出蘋果。

AIGC的最大特點是能夠進行自主學習，而且適應性強。在傳統的生成技術中，內容的生成大多是基於預先設定的模板或是特定的規則。如果想要生成新的或不同類型的內

容，就必須進行大量的手動調整和設定。AIGC則不同，它可以通過學習大量數據，自動調整其生成策略，進而產生更加多樣和能夠適應目標受眾的內容。

不論文字、圖像、音樂還是影片，AIGC都不需要依賴固定的模板才能在各種不同的情境下生成內容，相對傳統方法難以適應多樣化需求的種種限制，AIGC的高靈活性可以更容易地滿足這些需求。

另一方面，AIGC在生成內容時，能夠考慮到更多的前文後理。舉例說，當AIGC生成一篇文章時，它不只是按照語法和詞彙的規則來進行生成，還會考慮到文章的整體結構、目標受眾的喜好，甚至是當前的社會文化背景等。AIGC生成的內容往往更貼近真實世界，而不是機械式地生成重複的內容。

當然，AIGC並不是完美的。正正因為AIGC的這些優點，其運算過程非常複雜，需要大量的數據和運算能力來支持。相較於傳統方法，AIGC的部署和應用成本亦相對較高。

AIGC已成為了當代一大熱門議題，而其背後主要的推手，正是深度學習與其他相關的AI技術。這些技術如何為AIGC提供強大的支援呢？我們將從深度學習開始，探討其在AIGC的應用與影響。

◉ 深度學習

深度學習是一種特殊的機器學習技術，它使用「深度神經網絡」（deep neural network）來進行學習和預測。與傳

統的神經網絡不同，深度神經網絡具有多個隱藏層（hidden layer），可以學習到資料中更為複雜的特徵和模式。因此，深度學習特別適合處理大量且複雜的數據，如圖像、語音或文字等。

在AIGC的領域中，深度學習的這種特性就成為了一把利器。例如，在生成圖像時，深度學習可以通過學習大量的圖像數據，理解其中的各種特徵和細節，然後用於生成新的、高質量的圖像。而在文字生成方面，深度學習則可以捕捉語言的結構和語境，產生更自然、更流暢的句子。

除了深度學習，其他的AI技術如轉移學習（transfer learning）、強化式學習（reinforcement learning）等也在AIGC中發揮了重要作用。轉移學習允許模型利用在一個領域中學到的知識，應用於另一相關領域，這大大加快了訓練速度且提高了生成質量。而強化式學習則是一種機器通過與環境的互動，自我學習和優化其行為的方法。在AIGC中，它常被用於優化生成策略，例如調整生成的內容以滿足特定的需求或標準。

◉ AIGC技術的優勢

無論是深度學習還是其他AI技術，AIGC的成功應用都離不開大量的數據。這些數據不僅提供了模型所需的訓練資料，還為模型提供了評估和調整其生成策略的依據。很多人可能會好奇，為什麼我們需要AIGC這樣的技術？它真的能為我們的日常生活或商業應用帶來實質的好處嗎？

__節省時間，增加效率

在現今社會中，我們每時每刻都在產生數據，數據量之增長速度非常驚人。無論社交媒體、新聞媒體還是企業，每天都在製造和處理大量的數據和內容，對於快速、高效地生成內容的需求逐漸上升，AIGC技術正好可以滿足這個需求。利用AIGC，我們可以在短時間內產生大量的內容，不僅提高了生產效率，還可以根據特定的需求和目標進行定制。

__激發創作靈感

AIGC技術還可以為創意工作帶來靈感和助力。在許多領域，如藝術、設計或寫作中，AI生成的內容可以作為創意的起點或輔助工具，幫助創作者突破思維的束縛，開闢新的創意空間。例如，很多現代藝術家利用AI生成的圖像或音樂，創作出令人驚艷的作品，證明了AIGC不只是一種工具，更是藝術家的好伙伴。

__個性化交互體驗

AIGC也帶來了前所未有的個性化體驗。在日常應用中，如廣告、推薦系統或電子商務等，AIGC可以根據每位使用者的偏好和行為，生成專屬於他們的內容，從而提供更為貼心和精準的服務。這不僅增強了顧客的忠誠度（stickiness，或稱「黏著度」），亦提高了商業轉化率（conversion rate，即是當用戶在網絡上看到感興趣的內容而進行點擊或其他行動的比率）。

__突破知識使用門檻

AIGC技術也為資訊的普及和傳播開闢了新的道路。在許多地區，特定的語言或文化可能會成為資訊傳播的障礙。但通過AIGC，我們可以將內容快速翻譯或轉化成適合當地文化的語言或表達模式，使更多人能夠獲得和理解這些資訊。

__減輕成本和人力資源

從經濟的角度來看，AIGC也帶來了巨大的價值。在各個領域，如遊戲、電影或動畫製作中，傳統的內容生成往往需要大量的時間和人力資源。而AIGC技術的引入，不僅可以大幅度減少成本，還可以在短時間內完成大量的工作，大大提高了生產效率。

◉ AIGC技術應用實例

AIGC技術的確為各行各業帶來了實質的好處，要討論熱門的AIGC應用案例的話，不得不提及遊戲領域應用。近年不少現代遊戲已經廣泛應用AIGC技術，例如*No Man's Sky*使用了AI生成技術，創造了一個龐大的宇宙，其中包含了數以萬計的星系、星球和生物，每一個都是獨特的，且由AI在遊戲運行時生成。這種技術可以為遊戲節省大量的設計和開發時間，使遊戲更快速地推向市場。

在藝術和設計領域，AIGC也展現了它的魅力。很多藝術家和設計師利用AI生成技術創作獨特的畫作、雕塑或其他藝術品。例如，當代藝術家Anna Ridler使用生成對抗網絡

(generative adversarial network, GAN)訓練模型來創作一系列基於她手繪的圖像的動畫。這些動畫展示了在AI的幫助下，如何從基礎圖像中提煉和發展出全新的藝術形式。

再來看看音樂界，OpenAI的MuseNet是一個使用深度學習生成音樂的模型，它可以跨越不同風格和時代，從古典音樂到流行樂都能生成。某些音樂家和製作人已經開始使用這種技術來協助他們的創作，或是作為一個新的音樂表現形式。

AIGC技術不僅可以為創作者帶來無限的靈感，還可以擴展他們的創作範疇。有些藝術家甚至使用AI技術將數據視覺化，將其轉化為具有美感的藝術品。例如，藝術家可能會利用AI演算法分析大量的氣候變化數據，然後將這些數據轉換成顏色、形狀、動態變化等視覺元素，創造出一幅反映全球暖化趨勢的動態圖像。這樣的作品除了非常美觀之外，它們還在傳達重要的環境訊息，提高公眾對於全球重大議題的認識。

在新聞和媒體領域，AIGC也發揮了巨大作用。有些新聞機構已開始利用AI技術生成報道或新聞摘要，這不僅可以快速應對突發事件，還可以確保新聞的客觀性和準確性。AIGC系統通常基於大量的數據進行學習和生成內容，這些數據可以來自過往的新聞報道、官方統計數據、公開的研究報告等。由於系統的輸出基於大量的數據分析，這有助於降低單一記者或編輯的個人偏見對報道內容的影響，從而提高新聞報道的客觀性。部分AIGC系統更具備自動核查事實的功能，能夠對新聞內容進行即時的校對和驗證。系統會與數

據庫或其他可靠來源中的訊號進行對比，以確保報道的準確性。AIGC系統亦可以從廣泛的訊號來源中收集和學習數據，包括國際新聞、地方報道、專業期刊等，這有助於獲得更全面的視角和訊號，減少訊號偏見。此外，這種技術還可以自動生成新聞圖片或影像，為新聞報道增添更多的真實感。

而在廣告和行銷領域，AIGC技術也日漸受到業界的青睞，越來越多企業和廣告機構開始利用AI系統，透過收集消費者的線上行為、搜尋紀錄和購買習慣的數據，推斷出他們的偏好和需求，然後生成具有高度針對性的廣告。這種高度的客製化不僅提高了廣告的點擊率，還能有效提高轉化率，因為消費者看到的廣告更符合他們的需求和興趣。根據一些報告，使用AI客製化的廣告與傳統廣告相比，其效果可以提高多達50%。AIGC還可以自動測試不同的廣告版本，找出最佳的廣告策略，減少了傳統業界採用的A/B測試[1]所需的時間和資源。

AIGC技術在教育領域亦取得了不少成果。有些教育機構和平台已開始使用AI技術生成教學內容或模擬試題，從而為學生提供更加豐富和多樣的學習資源。這不僅可以激發學生的學習興趣，還可以根據每位學生的學習情況和需求，提供更加個性化的教學方案。AIGC技術亦可以根據學生的學習表現動態調整教學內容和難度。如果學生在某個主題上遇到困難，系統可以提供更多關於該主題的練習和解釋，直到學生掌握為止。AIGC技術還能夠生成多種形式的教學材料，如互動式練習、視頻講解、圖表等，協助教師適應不同

學生的學習風格。

　　最後，在文學創作上，也出現了一些引人注目的例子。例如，*Sunspring*這部短片的劇本完全是由AI生成的，展示了AI在藝術創作中的獨特角色。它背後使用一個名為Benjamin的AI系統，它被餵食了數十部科幻電影的劇本，以學習它們的結構、語言和情節安排。基於這些學習，它生成了*Sunspring*的劇本。儘管AI生成的劇本可能不如人類作家的作品那樣深入人心，但它確實提供了一個新的創作方法，為我們展示了AI在文學和電影劇本創作中的潛力。

---

1. A/B測試也稱為對比或分桶測試，是一種用於測試和比較兩個版本(A和B)以確定哪一個更有效的方法。

⑤.2 各種形式的內容生成方法

內容生成不再限於人手創作，AI技術能夠協助我們以文字、圖片、音樂、影片等多種媒體形式生成內容，開闢了一個新的創意時代。文字生成已從簡單的句子組合進化到完整的故事或文章創作，而在視覺藝術領域，AI除了可以生成基本圖像，還能創作出高解像度的藝術品。音樂領域中，AI能模仿、學習並生成各種風格和時期的樂曲。至於影片生成，無論是動畫、短片，或是實時影像合成，AI都展現出前所未有的創作能力。更進一步，跨媒體生成則探索如何將多種媒體形式融合，創造出全新的藝術作品。這些進展不僅提供了無限的創意和可能性，也引起了大眾對於藝術、商業和科技之間交互作用的深入思考。

◉ 文字生成句子、文章以至小說和劇本

文字生成最基礎的形式是生成簡單的句子或短語。在這階段，AI通常使用基於統計的方法或初級的機器學習模型，如隱性馬可夫模型(hidden Markov model, HMM)等來進行運算。這些模型學習文本數據的統計特性，根據先前的詞彙預測下一個詞。例如，要生成「蘋果是」這句的後半部分，經過訓練的模型可能會填上「水果」二字。

然而，簡單的句子生成只是冰山一角。要生成長篇文章或故事，需要更高級的技術，這個時候，深度學習尤其是

遞歸神經網絡（RNN）和變換器（transformer）架構顯得十分重要。這些模型可以捕捉長距離的文本依賴關係，這對於理解和生成複雜的句子結構至關重要。

每當生成一篇文章，單單憑藉短期的文本依賴關係是不足夠的，因為文章的段落之間必然存在邏輯和語境關係。變換器架構，如BERT和GPT，能有效地捕捉這些關係，在生成長篇文章時特別有用。

故事生成比文章更為複雜，因為故事不僅講求內部一致性，還要有情節和角色發展。這需要模型具有深入的文本理解能力，以及組合不同的元素的創造力。近年來，有些研究專注於特定文體的故事生成，如劇本或小說，並結合了多種技術，包括知識圖譜、情感分析和自然語言生成來進行內容生成。Pushkin Industries出版之*Death of an Author*（《作家之死》）被眾多媒體譽為首本可讀的AI生成小說，據作者Stephen Marche所稱，內容95%為AI創作而成。他閱讀了大量推理名作，為小說設定情節框架，然後將其交由AI處理，這種人機協作方式令故事既具有人類的創造力，又帶有AI的創新性。

文字生成之外，相信大家已經見證近年的AI在生成圖片方面的神奇之處。從最基礎的圖像到令人難以置信的高解像度藝術品，這領域已經取得了快速的進展。

◉ 圖像生成，人臉尤其逼真

在最基礎的層面上，圖像生成通常涉及到將向量（vector）數據轉化為圖像格式。最初的方法主要是基於傳統

的電腦視覺技術，利用基本的形狀和紋理來創建簡單的圖像。然而，使用這些方法生成的圖像的質量和多樣性經常受到局限。

深度學習的興起為圖像生成帶來了革命性的變化，特別是生成對抗網絡（GAN）已成為此領域的主流技術。GAN使用兩個網絡：一個生成器（generator）和一個鑑別器（discriminator），生成器的目的是創建逼真的圖像，而鑑別器則試圖區分真實圖像和生成的圖像。在這一過程中，兩者互相對抗，從而持續提高生成圖像的質量。

使用GAN，研究人員不僅可以生成基本的圖像，還能創建高解像度和高質量的藝術品，例如，由Nvidia開發的StyleGAN是一種生成對抗網絡，它獨特的架構設計令它能夠生成高度逼真的圖像，在人臉生成方面的表現特別出色。不同於早期的GAN版本，StyleGAN在生成圖像時引入了風格轉移的概念，能夠保持目標特徵的同時，對圖像的細節層面進行精細的控制，使生成的人臉圖像既豐富多變，又具備高度的真實感，甚至常常令人分辨不出它們是由AI創造。

DeepArt是另一個引人注目的項目，它使用以卷積神經網絡（CNN）為主的深度學習技術，將用戶的照片轉化為具有特定藝術風格的作品。用戶只需上傳一張圖片，DeepArt的演算法便會將圖片轉換成用戶想要的風格，如梵高、畢加索等大師的畫作風格，令個人創作概念與大師的畫風合二為一。

除了生成逼真的藝術品，AI還被引入到其他有趣的圖像生成應用中。例如，利用AI生成的圖像可以在電子遊戲、動

畫或電影中作為背景或資產。這些生成的內容不僅減少了人工創建所需的時間和成本，還能夠為創作者提供無盡的創意靈感。

◉ 音樂生成，模仿特定風格或時期的音樂

音樂作為另一種藝術形式，早已被認為是人類情感和文化的鏡子。隨著AI技術的發展，我們現在已經能夠使用AI來生成音樂，並模仿不同風格和時期的音樂特色。從古典音樂到現代流行樂，AI的應用正在重新定義音樂創作的邊界。

與圖像生成相似，音樂生成也常常依賴深度學習模型，特別是遞歸神經網絡（RNN）和生成對抗網絡（GAN）。RNN是專門為序列數據而設的，因此非常適合用來處理音樂這種時序數據（time series data）。通過訓練模型學習音樂的節奏、和聲和旋律，AI可以生成新的音樂片段。

為了模仿特定風格或時期的音樂，首先需要大量該風格或時期的音樂數據來訓練模型。例如，如果我們希望生成巴洛克風格的音樂，我們可能會使用巴哈、韓德爾和維瓦爾第的作品來訓練模型。一旦模型被訓練到足夠的水準，它便可以生成具有相似風格和特點的新音樂。

OpenAI的MuseNet就是一個成功的範例，它是一個先進的深度神經網絡，能夠理解和生成多達十種不同樂器的音樂作品，並能夠模仿從古典到當代多種不同音樂家的風格。MuseNet的訓練涵蓋了大量的音樂數據，不僅包含了不同時期的音樂，還有不同的樂器和編排風格。

另一個例子是Google的Magenta項目，它希望通過機器學習探索音樂和藝術的創造性潛力。Magenta的核心是一系列基於RNN的模型，它們特別擅長處理音樂序列及建構模組。Magenta團隊還開發了一種名為MusicVAE的變分自編碼器（variational autoencoder, VAE），它能夠生成具有高度結構性的音樂片段，如旋律及和弦進行（chord progression）。

更重要的是，Magenta不僅關注音樂生成，還為大眾創造一種互動體驗，使藝術家能夠與AI合作，共同創作。例如，其A.I. Duet功能只需要用戶彈奏一段旋律，AI便可即時響應並生成匹配的音樂，實現人機合奏，從而創造出一種即興互動的音樂體驗。

模仿過去的音樂風格固然令人感到震撼，但音樂也是一種持續演化的藝術形式。許多音樂家和研究者更加關心的是，如何利用AI創造出全新的音樂風格，而不只是模仿過去的樂章。

除了模仿音樂風格之外，AI還可以模仿人的歌聲。這是一種被稱為「歌聲合成」（vocal synthesis)的技術，使用深度學習模型來生成類似人類歌手的歌聲。如「初音未來」這類虛擬偶像，其歌聲就是通過這種技術而生成。AI不僅能模仿特定的歌手（例如AI尹光及AI孫燕姿），還能創造出全新的歌聲和歌曲風格，這為音樂創作和表演藝術開闢了新的可能性。

◉ 短片生成，簡化動畫製作過程

除了音樂，影片亦是當代最受歡迎的媒體形式之一，結

合了視覺、聲音和敘事，帶來了深度的情感和視覺體驗。隨著AI技術的發展，影片生成、編輯和合成的領域都正在經歷劇烈的變革。

關於短片生成技術，現時不少AI系統已經可以從一小段描述中，生成相應的短片。基於如生成對抗網絡（GAN）等的深度學習模型，在經過大量的影片數據訓練後，這些模型可以根據指定的主題或風格生成新的影片。這對於廣告業、音樂影片製作和短片創作藝術家都是一個重大的突破，允許他們更快速、更高效地製作內容。

與此同時，動畫生成領域也得到了AI的強力加持。傳統的動畫製作需要動畫師逐幀（frame）繪製，是一個耗時和需要高超技巧製作的過程。前吉卜力工作室動畫導演米林宏昌曾透露，片長18分鐘的動畫需要近14000幅畫組成，還要人手逐幅上色。現在AI工具可以自動生成動畫序列（animation sequence），甚至能夠模仿特定的動畫風格，例如日本動漫或西方卡通等。這種自動化的過程簡化了動畫製作，令原本需要大量時間和努力的工作變得更為輕鬆。

◉ 影像合成，靈活多變，真假難分

而實時影像合成則是另一個令人興奮的發展領域，例如在現場新聞報道或娛樂節目中，有時需要將現實場景和虛擬圖像合成，通過使用AI技術，我們可以在幾乎無延遲的情況下進行實時合成，令現場直播節目中的即時特效更豐富多變。除此之外，實時影像合成也為電影特效製作開闢了新的可能性，令特效之真實感和震撼感獲得提升。

實時影像合成與傳統的電腦繪圖（computer graphics, CG）有著相似之處，但也存在一些關鍵的差異。CG通常指在後期製作過程中，使用軟件工具創建的3D圖像或動畫。這些圖像或動畫可以非常逼真，但它們的創作過程通常是時間密集型的，需要通過複雜的建模、繪圖、渲染過程來完成；而實時影像合成則更加注重於即時或實時的圖像生成。因此，若在直播節目中需要添加虛擬背景或特效，在這種講求極低的延遲和高度自動化的情況下，AI技術便大派用場。

在影像合成領域中，不得不提近年火熱的Deepfake技術，它是一種透過AI的深度學習所創造出的偽造（fake）訊息技術，特別在臉部替換領域展示了巨大的潛力。它可用於影像及聲音，系統不單可以生成新的影像，還能在現有的影片中進行臉部或特定特徵的替換。只需要仿造對象的人物影音素材，就能作出難以區分真偽的影片。

Deepfake亦可以用來為演員配音，或者在某些情況下，完全替換他們在影片中的真人角色。例如演員因故無法參與拍攝，或者需要年輕化、老化的特殊效果時，這技術特別有用。而且，在影片的後期製作過程中，它可以簡化修改過程，比如在已拍攝的影片中替換角色的臉部或改變他們的表情。

◉ 跨媒體應用

在當代多媒體藝術和內容創作的領域中，跨媒體的概念已不再是新鮮事。但是，隨著AI和深度學習技術的進步，跨媒體的定義和可能性也在迅速擴大。現時，跨媒體不只是將

不同形式的內容放在一起，而是在更深層次上結合和融合這些內容，創造出前所未有的新體驗。

　　跨媒體的最大優勢在於它可以利用每種媒體的特點，組合成一個更加豐富和引人入勝的作品。例如，文字可以傳遞深度的思考和故事，圖像和動畫可以提供視覺的震撼，而音樂則能夠帶來情感的觸動。當這些元素被巧妙地結合在一起，它們可以相互強化，產生更大的效果。

　　自動生成的音樂影像是跨媒體使用AI的一個具體例子，AI系統可以分析音樂的節奏、旋律和情感，然後根據這些訊號自動選擇或生成相應的影像片段，使音樂和影像完美融合。這不再是簡單的配對，而是基於深入的音樂和影像分析，令兩者的連接更加有深度和意義。

　　虛擬實境（virtual reality, VR）和擴增實境（augmented reality, AR）技術的發展也為跨媒體提供了新的機會。我們可以透過AI應用在真實世界中融合虛擬的文字、圖像和聲音，創造出沉浸式的體驗（immersive experience）。例如，一部歷史故事可以透過AR眼鏡在真實的古蹟中呈現，觀眾可以看到古人的影像和聽到他們的聲音，同時閱讀相關的故事或資訊，這樣的組合使學習歷史變得生動和真實。

5.3 AI 創作的潛力與挑戰

AI正在以前所未有的方式擴展創意的邊界,它不僅激發了藝術和娛樂界的無限可能性,還提出了如何與人類藝術家共融共生以孕育全新作品的概念。AI創作的潛力是巨大的,從自動生成音樂、繪畫到影片製作,它正在徹底變革創作過程。

然而,這股創新浪潮同時也帶來了原創性和版權的問題,人們開始質疑由AI創造的作品是否能被認為是原創藝術。

品質控制亦成為了另一大挑戰,到底該如何確保AI生成的內容達到藝術性和技術性的雙重標準呢?最後,AI創作對社會的影響也不容忽視,公眾對於AI生成的內容的接受度及其對文化的潛在影響亦有待深究。

本節將與大家討論這些問題,並探索AI作為一種新興的創作工具所帶來的複雜性和機遇。

當我們探討AI在藝術和娛樂領域中的潛力時,其實同時在見證一場革命,重新定義創作過程,打破傳統的界線,並將無限的可能性帶到藝術家的指尖。

◉ AI怎樣協助創作者?

AI的強大之處在於其學習和適應能力。藝術本身就是一

種情感表達，而AI可以學習和理解各種藝術風格，從古典到現代，從東方到西方。無論藝術家的風格或背景如何，他們都可以找到一個AI助手來幫助他們。例如，當今的AI系統除了可以模仿畢加索或梵高的畫風，還可以創建出全新的、前所未見的風格。

視覺藝術家可以利用AI的圖像生成技術來創作畫作，他們可以提供一些指導性的概念或素材，然後讓AI基於這些指導產生一系列的草圖。這些草圖可以作為藝術家的靈感來源，他們可以根據自己的想法對它們進行修改和完善。

不僅如此，AI也可以為藝術家提供即時的反饋。過去，藝術家通常需要等待公眾的評價來判斷作品的成功與否。但現在AI可以即時分析作品的各方面，並提供具體的建議和調整方向，大大加快了創作過程，同時也確保了作品的品質。然而，藝術品的好與壞是主觀的，有關品質這方面會在本文稍後部分加以討論。

AI同時亦打開了一扇門，令藝術家可以探索前所未有的領域。以音樂為例，當人類藝術家與AI合作時，應先定義共同的目標。例如，藝術家可能想要創作一首新的樂曲，但不確定該從哪裡開始，他便可以將自己過去的作品或欣賞的音樂輸入到AI系統中，讓AI分析其結構和風格，然後提供一些創作建議或初稿。這樣，藝術家便可以在AI的建議基礎上進行調整，使之更符合自己的風格和情感，或者為他們的作品增加新的元素。

在娛樂領域，AI的潛力同樣巨大。從電影到電子遊戲，從電視劇到音樂劇實境演出，AI都在改變我們的娛樂方式。例如，AI可以自動生成電影劇本或遊戲情節，根據觀眾的反應即時調整內容，或者創建針對特定人群的定制內容。這種即時的、個性化的互動體驗將使娛樂更加引人入勝。

AI還為藝術家和娛樂產業提供了更高效的工作方式。許多繁重和重複的工作，如動畫渲染（animation rendering）、音樂混音或電影剪輯，現在都可以由AI來完成。除了可以節省時間和資源之外，還可以使藝術家專注於真正的創作過程。

我們必須認識AI在工作中的角色，它不再是一個被動的工具，它擁有分析、學習和創造的能力。但這並不意味著AI可以完全替代人類藝術家。相反，它是藝術家的伙伴，協助藝術家挖掘更深層次的創意，同時也為藝術家提供新的表達手段。

◉ AI生成的作品可被視為原創嗎？

隨著AI技術在各個領域之興起，自然帶來了一個備受關注的議題——當AI生成藝術或其他內容時，這些作品能否被視為原創作品？這不單是一個技術或法律問題，更涉及到對藝術、文化和知識產權的深入思考。

首先，我們必須理解原創性在藝術和法律上的意義。在藝術領域，原創性通常是指一件作品反映了創作者的獨特

見解、情感和創新思考。而在法律領域，原創性常常與著作權法（copyright law）相關，主要是為了保護創作者的知識產權，以及與其相關的經濟利益。

當AI生成一件作品時，這件作品是否具有上述的原創性呢？AI並不具有情感、意識或自主意志，它生成的內容是基於演算法和數據的分析。從情感和思考的角度來看，AI生成的作品可能難以被認為是真正的「原創」。

但從另一個角度來看，AI的演算法和模型是由人類設計和訓練的。這些模型在生成內容時，無疑受到了其訓練數據和設計者意圖的影響。因此，一些人認為，即使AI生成的作品不具有自主的情感和意識，但它仍然反映了人類的某種創意和意圖，因此應該被視為具有原創性。

從法律的角度來看，有關AI生成的內容之原創性和著作權問題，目前多數國家的著作權法還未有明確規定，因此AI與人類藝術家的合作仍處於一個模糊地帶。如果一名藝術家使用AI工具創作了一幅畫，這幅畫的著作權歸誰所有？是AI的開發者、藝術家，還是兩者共有？這些問題還沒有明確的答案。

以下是一些與AI創作版權相關的真實案例。

音樂創作：MuseNet

OpenAI創建的MuseNet是一個能夠創作音樂的AI。假如MuseNet創作了一首獨特的旋律，那麼這首旋律的版權該如何界定？一般來說，如果使用MuseNet創作的音樂會用於商

業目的，使用者可能需要取得OpenAI的許可，並可能需要支付版權費用。

__視覺藝術：DeepDream

由Google工程師開發的DeepDream電腦視覺程式，可根據現有的圖像數據生成超現實和抽象的圖像。這些由AI生成的圖像屬於公共領域嗎？抑或是Google擁有生成圖像的版權？有一點可以肯定的是，在未經作者授權的情況下，對其作品進行商業性利用有可能構成侵權。

__文學創作：日本公立函館未來大學研發之文學創作AI

日本人工智能教授松原仁團隊開發的AI可以撰寫文學作品，而這個AI參與撰寫的短篇小說通過了日本「星新一文學獎」的首輪評選，引起了人們對於AI創作文學作品的版權問題的討論。

__攝影和圖像：StyleGAN（Nvidia）

這個強大的模型可以創造非常逼真的人臉圖像。雖然這些人臉是由AI生成的，但如果這些圖像被用於商業目的，Nvidia作為模型的創造者可能會向用家收取版權費用。

有一點是無庸置疑的——AI技術將繼續發展和應用，而它帶來的原創性問題將越來越受到關注。未來，我們可能需要重新定義原創性的概念，以適應這個不斷變化的時代。

◉ AI生成內容的品質控制考量

首先，我們要明確定義一下什麼是品質。AI生成內容的

品質可以從多個維度來衡量，包括準確性、一致性、創意性和感知質量等。一首AI生成的音樂，旋律和節奏是否和諧？一篇AI寫的文章，內容是否通順，邏輯是否清晰？這些都是評估品質的重要指標。

為了確保品質，首要的步驟是對AI模型進行充分的訓練和優化。訓練一個優質的AI模型需要大量質量高且多樣的數據。這些數據不僅要覆蓋各種情境，還需要避免偏見（bias）和誤差（error）。

此外，選擇合適的演算法和參數也是確保生成內容質量的關鍵，這過程通常需要經過多次的試驗和調整，以達到最佳效果。

除了模型的訓練和優化，後期的檢測和校正也非常重要。即使AI生成了某些內容，我們也需要有一套標準準則和流程來進行審核和校對。這可以通過人工方式來進行，例如邀請專家或目標受眾對內容進行評估；也可以通過自動化的方式，例如使用其他AI工具來檢測內容的質量。

品質控制的過程也存在一些困難和挑戰。對於藝術和文學等主觀性較強的領域，不同人可能有不同的評審標準，令確定標準的過程變得複雜。

此外，AI模型有時可能會產生一些出乎意料但具有創意的內容，這種情況下，我們該如何評價其品質也是一個問題。

◉ AI對文化和價值觀的潛在影響

AI在近年來逐漸滲透到各種藝術和娛樂形式中，無可避免地對社會文化和大眾心態產生深遠的影響，包括公眾對AI生成內容的接受度，以及AI對整體文化的潛在影響。

大眾對AI生成的內容接受度是一個複雜的問題。對於一部分人來說，AI技術能夠提供快速、高效和客製化的內容，從而滿足他們的娛樂和學習需求。通過AI生成的音樂推薦和個性化新聞摘要，人們能夠更快地找到他們喜愛的內容。但同時，也有人對AI生成的內容持懷疑甚至反感的態度，認為它們缺乏真正的人性和情感，不能替代由真正的藝術家創作的作品。

AI在藝術和娛樂領域的應用也帶來了一系列文化問題。隨著越來越多AI生成的內容出現在公共視野中，人們對於「藝術」的定義和認知可能因而改變。當AI可以創作出高質量的畫作或音樂時，人們可能會開始思考什麼是真正的藝術？到底是機器還是人類創造的內容更有價值？

另一方面，AI生成的內容也可能對當地的文化和價值觀產生影響。在一個全球化的世界中，當AI模型主要基於某些文化背景的數據進行訓練時，它可能會傾向於生成該文化背景下的內容，這可能會導致某些小眾文化和語言被邊緣化，進一步加劇文化同質化的趨勢。

還有一個重要的問題，AI生成的內容在某些情況下可能會被用於推廣某些觀點或者偏見。如果AI模型的訓練數據中包含了偏見或者不真實的訊號，那麼生成的內容可能會放大

這些問題，對社會產生不良影響。相信公眾對AI生成的內容的接受度和AI帶來的潛在文化影響是一個多面且持續發展的話題。

Chapter **6** 人工智能在各領域的應用

6.1 AI 醫療應用

在當今醫療領域中，AI應用已成為一種革命性的力量，它的進步不僅提升了診斷的準確性，還加速了疾病檢測的流程，這對於早期發現和治療許多疾病至關重要。以下將探討AI在疾病診斷中的幾個關鍵應用和具體案例。

◉ 癌症和心臟病的檢測

首先，AI在癌症檢測方面的進展尤其顯著。癌症的早期診斷對提高治療成功率非常重要。傳統的檢測方法依賴放射治療師對掃描影像的解讀，但這個過程可能存在主觀性，且對異常細微的識別具有局限性。

相比之下，AI系統可以分析數據庫中成千上萬的案例，學習識別早期癌症的微小徵兆。例如，Google Health在科學期刊雜誌*Nature*（《自然》）上發表的一篇研究論文表示，他們的AI模型在乳腺癌篩查中的準確度超過人類專家，這主要歸功於深度學習演算法的強大圖像分析能力。

除了癌症檢測，AI在其他許多類型的影像診斷中也顯示出其巨大潛力。以心臟病診斷為例，心臟病是全球主要的死因之一。傳統的心臟疾病診斷依賴心電圖（electrocardiography, ECG）和心臟超聲波（echocardiogram）等檢查。近年來，利用AI演算法，如卷積神經網絡

（CNN），可以從這些心電圖或心臟超聲波影像中自動檢測出心臟疾病的跡象。這種自動化分析除了加快了診斷流程，還可提高診斷的準確性和一致性。

由史丹福大學（Stanford University）的研究團隊開發的AI系統，利用演算法分析數萬張磁力共振影像，發現人類心臟的形狀可以用來預測將來患上心臟病的風險。另外，該系統可以從心電圖中識別出心律不正（arrhythmia）的跡象，這項技術能夠實時分析心電圖數據，並及時警告醫生病人可能存在的異常。這系統能及時診斷心律不正之外，還可以幫助預防心臟病發作和中風。

◉ 神經系統疾病診斷

在神經系統疾病的診斷方面，AI也扮演著重要角色。例如，阿茲海默症（Alzheimer's disease）是最常見的認知障礙症（dementia）類型，早期診斷對於緩解其進展十分重要。近年來，通過分析大腦掃描圖像，AI系統可以幫助醫生在症狀出現前識別出病變的早期跡象。這項技術的應用提高了阿茲海默症的早期識別率，為患者提供了更及時的治療選擇。

◉ 藥物開發和個性化醫療

AI醫療應用除了逐步進入疾病檢測領域之外，藥物開發及應用亦是另一個獲得AI加持的範疇。機器學習（machine learning）在藥物開發和個性化醫療方案的制定中扮演著越來越重要的角色。這些技術不僅大幅提升了藥物開發的效率和

準確性，還使得醫療方案更加個性化，從而更好地滿足個別患者的需要。

傳統上，新藥的開發是一個長期、昂貴且風險極高的過程。從初步研究到藥物上市，平均需要超過十年時間和投資數十億美元。機器學習技術的應用正在改變這一過程，尤其是藥物的早期發現階段。

例如，Atomwise公司運用其AI平台AtomNet，透過深度學習演算法預測藥物和蛋白質之間的交互作用，加速藥物候選分子的篩選過程。該技術能夠從海量的化學結構中快速識別出具有治療潛力的分子，不但大幅縮短了新藥的研發時間，更降低了成本。

實際上，Atomwise的技術已成功預測出多種有潛力的藥物候選分子，可應用於治療包括伊波拉病毒和多種癌症在內的疾病。

機器學習在個性化醫療方案中的應用同樣引人注目。個性化醫療的目標是根據患者的特定特徵（如基因、生活習慣和環境因素）來制定治療方案，從而提供更有效的治療並減少副作用。

以基因定序（DNA sequencing）為例，Illumina公司開發的機器學習平台能夠快速分析患者的基因數據，幫助醫生確定最合適的治療方案。例如，對於某些特定類型的癌症是基於患者特定的基因變異，機器學習演算法可以推薦最有效的藥物或治療方法。這種方法不但提高了治療的精確度，還能避免不必要的副作用，盡量保持患者的生活質量。

此外，Merative是另一間值得關注的公司。他們利用其先進的自然語言處理(NLP)和機器學習技術，能夠分析大量醫學文獻和臨床試驗數據，從而協助醫生作出更有根據的治療決策。該系統可以提供關於不同治療選項的最新研究結果，幫助醫生為病患制定個性化的治療計劃。

AI在醫療方面的應用並不局限於監測病患、疾病檢測或藥物研發，它還提高了醫療服務的可及性和效率，有效預防疾病之外，亦令治療更加精確和個性化。

以下我們將探討幾個具體的案例，看看AI如何轉變傳統的醫療服務模式。

◉ 疾病管理和監測

在慢性病管理領域，AI技術的應用日益受到重視。以糖尿病管理為例，Medtronic和Dexcom兩間醫療科技公司聯手開發了智能血糖監測系統，安裝感應器後，系統可以實時追蹤患者的血糖水平，並通過智能手機應用程式提供反饋。這些設備除了減少患者定時測試血糖的需要，還能透過機器學習演算法預測血糖水平的變化，幫助患者更好地控制自己的狀況。

此外，這些系統還可以與醫生或醫療機構共享數據，令醫生能夠遠程監測患者的狀況並在必要時及時介入。這種即時的、持續的監測方式大大提高了病情管理的效果，並降低了急性併發症的風險。

至於心臟病方面，除了上文提及的史丹福大學團隊開發

的AI系統外，AliveCor的KardiaMobile設備是另一個有效監測和預防心臟病的AI應用例子。這款便攜式心電圖監測器能夠通過智能手機應用實時監測心臟活動，它使用AI演算法來分析心電圖數據，以識別心律不正等潛在的心臟問題，為需要長期監測心臟的患者帶來便利。醫生亦可以遠程接收和分析數據，並在檢測到異常時迅速採取行動，及時處理以提高治療機會。

在遠程醫療(telemedicine)諮詢服務領域，AI也發揮著關鍵作用。隨著科技進步，遠程診斷和治療變得更加可行。遠程醫療平台如Teladoc和MDLive，提供遠程醫療諮詢服務，患者可以通過影像通話與醫生進行交流。

在這些平台中，AI技術會分析患者的症狀和醫療歷史，輔助醫生的診斷過程。此外，AI還可以扮演一個自動化的症狀評估角色，幫助患者會見醫生之前，對自己的病情有初步的了解。

在數據驅動的時代，AI在健康數據分析和預測未來健康趨勢兩方面的應用展示了其獨特的能力和潛力。透過分析大量的健康和醫療數據，AI不僅能幫助我們更好地理解疾病的發展和傳播，還能預測未來的健康趨勢，從而促進公共衛生和個人健康管理。

◉ 公共衛生監測和管理

在流行病學(epidemiology)方面，AI的應用已經顯示出其預測疫情和流行病傳播的能力，Google Flu Trends和

HealthMap等工具會使用AI分析來自互聯網的大量數據（如搜索查詢、社交媒體貼文及新聞報道），以預測和追蹤流感和其他傳染病的爆發。

這些系統能夠在疾病爆發之初迅速識別趨勢，從而提前警告公共衛生機構和醫療提供者，在疾病爆發前預先做足準備。

AI也被用於分析個人的健康紀錄和生活方式數據，以預測特定健康問題的風險。例如Merative利用機器學習分析患者的醫療紀錄、基因訊號和生活方式等因素，以預測心臟病、糖尿病和其他慢性疾病的風險。這樣的分析幫助醫生和患者更好地理解個人健康狀況，並制定預防和治療策略。

AI技術在公共衛生監測和管理方面也扮演著重要角色。通過分析來自衛生設施、環境監測站和社交媒體的數據，AI系統能夠追蹤和預測疾病傳播、環境健康問題和公共衛生事件，例如微軟的Project Premonition計劃通過AI分析收集來自環境的生物樣本（如蚊子），以監測和預警傳染病的傳播。

在健康趨勢預測方面，AI技術可以分析各種數據源，如醫療紀錄、環境變化和人口動態，以預測未來的健康趨勢和需求。這對於制定公共衛生政策和優化醫療資源配置非常重要。例如，政府可以利用AI模型預測某地區將面臨的醫療需求，可以幫助決策者提前規劃和分配醫療資源，如醫院床位、醫療人員和疫苗等。

◉ 隱私和數據安全問題

然而，在傳送及使用大量數據時，亦帶來了隱私和數據安全方面的重大挑戰。隨著越來越多患者的數據經過數位化和分析，確保這些敏感訊號的安全和隱私成為了不可忽視的重點。

由於醫療數據多數包含敏感的個人病歷資料（如病史、基因訊號和生活習慣等），一旦這些數據被未經授權的第三方獲取，可能導致嚴重的隱私侵犯和其他風險。

在美國，健康保險流通與責任法案（Health Insurance Portability and Accountability Act, HIPAA）提供了保護醫療數據隱私的法律框架，它規定了對個人健康訊號的使用和披露限制，確保患者數據的安全。遵守HIPAA規範的醫療機構和AI開發者必須實施嚴格的數據保護措施，如加密傳輸、存取控制和數據匿名化，以防止數據洩露和不當使用行為。

除了隱私保護，醫療數據安全性也是另一項重大挑戰。醫療機構和研究部門需要確保他們的數據儲存和處理系統能夠抵禦外部攻擊，如黑客入侵和惡意軟件攻擊等。

2017年發生的WannaCry勒索軟件攻擊事件，對包括英國國家健康服務體系（National Health Service, NHS）在內的多家醫院造成了嚴重影響，導致醫療服務中斷，以及患者數據遭受鎖定。這次事件凸顯了保護醫療數據安全的重要性，並促使全球的醫療機構加強它們的網絡安全措施。

隨著數據保護意識之提升，未來在保護醫療數據的隱私和安全方面將會有更多創新的方法出現。從技術創新到法規政策的完善，各方的共同努力將有助保護個人隱私的同時，充分發揮AI在醫療領域的巨大潛力。

6.2 AI 金融應用

在金融行業，AI應用已經成為推動創新和效率的重要動力。在風險管理和欺詐檢測領域，AI技術不僅提高了檢測的準確性，還大幅提升了處理速度，從而幫助金融機構有效地應對各種風險和欺詐行為。

◉ 風險管理

在風險管理方面，AI通過對大量數據的深入分析，可以預測和識別潛在的風險因素。這種能力特別適用於信用評估、市場風險分析和流動性風險管理。在信用評估領域，傳統的方法依賴過去的財務歷史和信用紀錄；而AI模型能夠綜合更廣泛的數據集，包括社交媒體行為、網絡搜索歷史等非傳統的數據源，從而令金融機構更準確地評估借款人的信用風險。

在市場風險分析方面，AI模型能夠即時處理來自全球金融市場的大量數據，包括新聞報道、經濟指標和交易數據。這些模型利用先進的演算法來識別潛在的市場趨勢和異常波動，來協助金融機構做出更精準的投資決策，並及時調整其風險暴露（risk exposure）。

在欺詐檢測範疇，AI亦扮演著重要角色。通過分析交易模式、用戶行為和歷史數據，AI可以有效識別出異常活動，從而預防和減少欺詐行為。以信用卡欺詐為例，AI系統能夠實時分析每筆交易，並根據過去的交易模式及其他數據來評

估該交易的欺詐風險。當系統檢測到異常交易時會立即發出警報，並暫時凍結交易，直至人工審核再決定進一步的交易安排。這不僅保護了消費者的利益，也幫助金融機構減少了由欺詐引起的損失。

美國一家軟件供應商Ayasdi向當地銀行和金融機構提供防止洗黑錢的解決方案，系統結合了機器學習和大數據分析技術，能夠學習並識別每位客戶的典型交易行為。AI異常檢測程式就交易中涉及的每一個對象進行檢測，當系統檢測到與常規模式不符的交易時，它會自動進行風險評估，並在必要時通知客戶和銀行員工。這種系統不單提高了欺詐檢測的準確性，還大大提升了檢測速度。

◉ 市場分析

另一方面，機器學習技術的引入極大地改變了市場分析的方法。過去，分析師依靠傳統的統計方法和經驗來解釋市場數據，這些方法在面對大規模、多維度的數據時經常顯得力不從心。隨著機器學習應用普及化，分析師現在可以利用複雜的演算法來處理海量數據，這些數據不僅包括傳統的市場交易數據，還擴展到社交媒體、新聞事件等非結構化數據。市場分析從此不再局限於對歷史數據的解讀，還能夠洞察市場的實時動態和更深層次的趨勢。

在市場預測方面，機器學習特別是深度學習模型的創新應用，已經對金融領域產生了深遠的影響。這些模型能夠學習和識別市場行為中的複雜模式，從而做出更準確的預測。例如，深度學習中的遞歸神經網絡(RNN)和長短期記憶網絡

(LSTM)特別適合分析時間序列數據,這對於股市和其他金融市場的動態預測尤其重要。

利用這些先進的模型,分析師能夠預測股價走勢、市場趨勢,甚至經濟指標的變化。金融市場是一個極其複雜的系統,受到多種因素的影響,包括經濟數據、政治事件、公司業績報告等。現在這種預測不再只是基於歷史數據的分析,還結合了當前市場的實時訊號和可能影響市場的外部事件。這種模型除了分析大量數據外,更重要的是就數據的質量和相互關係同時進行分析,提供了比傳統方法更深入、更全面的市場洞察。以下是機器學習在金融市場分析和預測的數個應用實例:

• **Bloomberg的市場預測**:Bloomberg利用機器學習模型來分析市場趨勢。這些模型綜合了大量的市場數據和實時新聞,幫助分析師和投資者獲得深入的市場洞察。

• **JP Morgan的交易策略**:JP Morgan使用機器學習模型來設計和執行交易策略。這些模型能夠分析大量的交易數據,快速識別市場中的機會,並自動調整交易策略。

• **數據驅動的對沖基金**:多個以數據為基礎的對沖基金,如Two Sigma和Renaissance Technologies,運用機器學習技術來分析市場模式並制定投資策略。這些基金利用來自公共市場的數據、社交媒體、新聞到衛星圖像等多元化數據來源,提供更全面的市場分析。

◉ 智能理財顧問

AI在個人理財和投資建議服務領域中的應用亦越來越備

受重視，新興技術的崛起令個人理財服務變得更加智能和個性化，並對投資者的決策過程產生深遠影響。

近年來，智能理財顧問（robo-advisor）成為金融科技領域的一大亮點。Betterment和Wealthfront等基於AI的平台，使用複雜的演算法來分析投資者的財務狀況、風險承受能力和投資目標，進而提供個性化的投資建議。這種服務的優勢在於能夠提供低成本、高效率的理財規劃，使得原本需要高昂費用的專業投資建議變得平民化。

一些金融機構和科技公司正在利用AI來創建更加客製化的投資組合，如Goldman Sachs的Marcus Invest平台利用AI來分析市場數據，為客戶建立符合其投資偏好和目標的投資組合。通過機器學習模型，這些平台能夠持續學習市場趨勢和客戶行為，不斷優化其投資策略，以適應市場的變化。

退休規劃亦是個人理財中的一個重要課題，AI技術正被用來幫助用戶規劃退休生活。例如一些平台使用AI來分析用戶的消費習慣、儲蓄和投資行為，以預測未來的財務需求，從而為用戶提供度身訂造的退休規劃建議。

◉ 智能合約

在金融科技領域中，AI的發展逐步與其他新技術結合，推進智能金融平台的發展。智能合約（smart contract）和AI在區塊鏈（blockchain）技術的應用中扮演著關鍵角色，它們不單改變了交易和合約的執行方式，還為金融服務帶來了創新的解決方案。

智能合約是一種數碼協議，儲存於區塊鏈上，能自動和

強制執行合約條款。合約以程式代碼的形式存在，當合約中預設的條件被滿足時，相應的合約條款會自動實施。這種合約的智能之處在於它不需要第三方中介，提供了一種安全、透明且高效的方式來執行協議，廣泛用於加密貨幣、數碼資產交易和其他去中心化應用中。

有些金融科技公司已開始使用智能合約來管理供應鏈金融（supply chain finance），例如企業在以太坊（ethereum）區塊鏈的平台上，能夠使用智能合約自動執行與供應鏈相關的付款和合約。這種系統通過AI來監控和分析供應鏈的數據，並能自動調整合約條款以應對延遲或提前交付等情況，這有助提高交易效率，以及減少欺詐的可能性。

在金融交易領域，AI和智能合約的結合也應用在創建高度自動化的交易系統。例如，一些金融機構和投資公司正在開發使用智能合約來自動執行股票或其他金融產品的買賣。這些系統利用AI來分析市場數據，預測市場趨勢，並在滿足特定條件時自動執行交易。這樣的系統不僅提高了交易的速度和效率，還有效減少人為錯誤。

在保險行業，智能合約和AI可以用來改進索賠的處理過程。某些保險公司正在使用基於區塊鏈的智能合約來自動處理和核算索賠，當符合索賠條件時，AI系統會自動檢查和驗證索賠條件，並通過智能合約觸發付款。這大大提高了處理速度，並減少了欺詐索賠的可能性。

智能合約和AI也適用於改善個人理財服務。部分金融科技初創公司開發出基於AI的個人財務助理，它們可以通過智能合

約自動管理用戶的資產和投資，並根據用戶的財務目標和風險偏好，自動調整投資組合，實現資產的最佳配置。

區塊鏈和智能合約亦被應用到創新的信貸服務中。一些平台提供基於區塊鏈的P2P(peer-to-peer)貸款服務，利用智能合約來自動化貸款合約的執行過程。AI則用於評估借款人的信用風險，提供更準確的信用評估。這樣的系統不僅使借貸過程變得更透明，也降低了營運成本，提高貸款的可及性。

◉ 全天候客戶服務

在金融服務行業，客戶服務的質量亦是非常重要的一環。綜觀全球，越來越多銀行和金融機構開始使用AI驅動的聊天機械人來提供24/7(即全天候)的客戶支持。這些聊天機械人能夠處理基本查詢，如賬戶餘額查詢、交易歷史查看，甚至協助進行簡單的交易操作。美國銀行的聊天機械人Erica就能提供這些服務，同時還能提供個性化的財務建議，增強客戶體驗。

引入AI後，許多交易處理工作流程可以通過自動化得到優化，例如AI可以快速處理大量的轉賬和付款請求，同時自動進行風險評估，以防止欺詐行為。AI工具亦能夠持續監控交易活動，以確保交易符合各種法規要求。JP Morgan Chase開發了名為COIN(Contract Intelligence)的平台，使用機器學習技術來解析和解讀合同文件。這項技術加速了合同審核過程，還降低了錯誤率，從而提升了整體服務效率。這些案例都在說明，AI的發展正一步步為金融服務帶來正面影響。

6.3 AI 教育應用

在教育領域，AI的融入已經從根本上改變教學方法和學習過程。通過發展個性化學習方案、智能評估系統、互動學習工具等應用，AI正逐步滿足教育者和學習者日益增長的需求，為教育帶來品質上的大躍進。

◉ 個性化學習

個性化學習方案在AI教育應用中佔據核心地位，這種方案的主要目的是根據每個學生的獨特需求和能力來定制學習體驗。隨著AI技術的不斷進步，個性化學習已從理論轉化為實踐，顯著改善了教育質量和學習效率。

首先，我們需要理解個性化學習的含義。它是一種教育策略，目標是為每位學生提供量身定制的學習體驗。這種策略考慮到學生的學習風格、興趣、能力水平及其進步速度。借助AI技術，教育者能夠收集和分析大量數據，從而更精準地了解學生的需求。

個性化學習方案的實施始於深入了解學生。AI系統通過監測學生在課堂上的表現、作業提交和測試成績來收集數據。系統還能夠追蹤學生在學習過程中的行為模式，例如他們在特定主題上花費的時間，以及他們對於不同教學方法的反應。這些數據讓教育者能夠更好地理解學生的學習方式。

　　一旦收集了足夠的數據，AI系統便開始進行分析，目標為識別學生的強項和弱點。如果一個學生在數學測試中表現不佳，但在作業中表現出色，系統可能會推斷這名學生在考試情境下感到緊張。基於這些發現，AI可以為學生提供針對性的練習和學習資源，幫助他們克服具體的挑戰。

　　此外，個性化學習方案還能適當調整學習節奏。對於學習速度較快的學生，系統可以提供更進階的材料和挑戰，以維持他們的興趣和動力。相反，對於那些需要額外時間來掌握概念的學生，系統則可提供額外的解釋和練習機會，確保他們不會落後。

　　AI技術在個性化學習方案中的另一重要應用是創建動態學習路徑，即是根據學生的進步和反饋來調整學習計劃。假若學生在某個單元表現出色，系統可能會推薦學生提前進入下一單元或探索更高級的主題。這種靈活性確保學生有動力面臨適當的學習挑戰，從而最大化地釋放他們的潛力。

　　Khan Academy就是個性化學習方案中的一個實際案例，學生可以在自己的節奏下學習數學、科學等多個學科，平台根據學生的學習進度和表現提供定制的練習題和教學視頻。而Duolingo是一個語言學習應用程式，通過AI來提供個性化的學習體驗，它根據學生的學習進度和效率調整課程內容，並提供遊戲化的學習環境。

◉ 智能評估系統

　　除了個性化學習方案之外，智能評估系統是AI在教育領

域的另一項關鍵應用，它通過自動化的方式對學生的學習成果進行評估。傳統的教育評估方法往往依賴手工評分和教師的主觀判斷。這種方法不僅耗時，而且容易受到偏見和一致性問題的影響，智能評估系統的引入旨在解決這些問題。

這些系統利用先進的機器學習演算法來分析學生的作業、測驗和其他學習活動。透過自動化的過程，智能評估系統能夠迅速地處理大量的學生作業，從而節省了大量的時間和人力資源。更重要的是，這種方法提高了評估的客觀性，減少了人為偏見和錯誤的可能性。

智能評估系統的一個關鍵特點是能夠提供即時反饋。在學生完成作業或測試後，系統能夠立即分析他們的回答，並提供詳細的反饋。這種即時性對學生來說非常重要，因為可以幫助他們即時了解自己的強項和需要改進的部分，從而更有效地改進學習過程。Khan Academy和Coursera等線上學習平台提供自動評分的測驗和功課。這些平台能夠即時評估學生的回答並提供反饋，有助學生及時了解自己的學習狀況。

此外，智能評估系統還能夠識別學生的學習模式和趨勢。通過分析學生在一系列作業和測驗中的表現，系統能夠識別他們學習的長期趨勢，如學生在特定主題上的進步或退步。這種深入的分析不僅有助教師更好地理解學生的需要，還可以指導教師調整教學策略，以更好地滿足學生的需求。

◉ 結合VR或AR技術提升學習互動性

若由學生的角度出發，使用互動學習工具上課可令學

習過程變得更有趣，促進學生主動參與和實時互動來增強學習體驗。這些工具的核心在於利用一眾新興技術，尤其是AI、虛擬實境(virtual reality, VR)、擴增實境(augmented reality, AR)和遊戲化元素，來創建更加吸引且互動性強的學習環境。

使用VR或AR技術的應用程式作為互動學習的工具，例如用於創建互動的科學實驗，學生可以在安全的虛擬環境中進行實驗，而無須擔心真正實驗室中可能存在的風險。這種方法不僅安全，而且成本效益高，可以使學生親身體驗複雜的科學過程。AI則可以用於定制VR和AR學習環境，以適應不同學生的學習風格和需求。

另一方面，遊戲化學習工具將遊戲設計元素融入教育內容中，以提高學習的趣味和參與度。這些工具通過獎勵系統、故事情節和互動挑戰來激勵學生。一些數學學習應用程式通過將計算和解難任務變成遊戲來吸引學生，令學習過程變得有趣之餘，亦幫助他們在輕鬆的環境中發展解決問題的技能。AI技術可以分析學生在互動學習遊戲中產生的數據，以識別他們的學習模式、強項和弱點。

AI驅動的互動學習工具也日益普及，其中Rosetta Stone和Duolingo等語言學習應用程式使用語音識別技術來評估學生的發音和口語技能，提供即時的糾正和反饋。這種個性化的指導方法比傳統的語言學習課程更有效，因為它可以根據學生的具體需要進行調整。

◉ 線上互動和調整教學策略

聊天機械人和虛擬助手也是互動學習的重要工具。這些系統可以回答學生的問題、提供學習資源和進行互動式討論。它們提供了一種低壓力的學習環境，學生可以自由地提問和探索，而不必擔心在班上提問的壓力。

除上述工具外，社交媒體和協作平台也逐步成為互動學習的重要部分。這些平台鼓勵學生共享想法、協作解決問題並參與線上討論，有助建立學生之間的聯繫，同時亦提供了一種共享知識和經驗的平台。

另外，課程內容分析和優化亦是AI在教育領域的關鍵應用之一，它旨在通過AI技術來改進教學材料的質量和相關性。在這一領域，AI的應用不再限於提供更加個性化和高效的學習經驗，而且還包括優化課程內容以適應不斷變化的教育需求和學習標準。

傳統的教學材料設計往往是一個漫長且固定的過程，一旦完成，這些材料可能在很長一段時間內都不會有顯著的更新。這種方法可能無法及時反映最新的學科知識、教育方法或學生需求的變化。此外，這些材料往往是針對一個廣泛的學生群體而設計，可能無法滿足不同學生的個別需求。

AI的引入改變了這一現狀，通過使用機器學習和數據分析技術，AI可以幫助教育者更深入地了解學生的學習模式、興趣和需求。AI系統可以分析學生對於特定課程內容的反應，如學習參與度、成績和反饋，從而識別哪些部分最有效，哪些部分需要改進。

AI更可以用來協助教育者進行課程內容的動態調整，這意味著課程內容可以根據學生的學習進度、反饋和成績來實時調整。如果大多數學生在某個特定主題上表現不佳，AI系統可以識別這一問題並建議教師調整教學策略或提供額外的學習資源。

　　Carnegie Learning的數學課本系列是其中一個實際案例，它利用AI來分析學生的學習進度和表現，從而提供個性化的練習和解答說明。這些智能課本可以根據學生的學習需求動態調整內容。而ALEKS（Assessment and Learning in Knowledge Spaces）則是一個網上的適應性學習平台，使用AI分析學生的學習狀況，並根據這些訊號調整課程內容，以適應學生的個別學習需求。

　　AI還可以用於分析和優化教學方法，通過評估不同教學方法對學生學習成效的影響，協助教育者選擇最有效的教學策略。這可適用於不同學習場景，例如哪些教學活動最能激發學生的興趣，哪些評估方法最能準確反映學生的學習情況，以及如何將新技術（如虛擬實境或遊戲化學習）有效地融入教學中。

　　還有一點，AI技術正通過教育資源數碼化和線上化而最終達致無障礙化，這讓更多學生接觸到高質量的教育資源。線上學習平台和虛擬教室允許學生無論身在何處都能接受教育，這對於那些生活在偏遠地區或無法親自到校學習的學生來說尤其重要。例如Coursera、Khan Academy和edX等平台提供了廣泛的免費和低成本課程，涵蓋各個基礎學科及專業技能領域。期待無障礙的教育資源將在未來更加普及，為全球的學生提供更多學習機會。

6.4 AI 交通及物流應用

每當説到AI交通及物流應用，自動駕駛技術必定是時下其中一個熱門話題。這項技術的發展不僅顯示了AI在處理複雜問題上的能力，而且對於改變我們的交通方式和城市生活有著深遠的影響。

◉ 自動導航和駕駛車輛

自動駕駛車輛（autonomous vehicle）的核心技術是基於AI的深度學習和機器學習演算法，它們使車輛能夠在沒有人類司機的情況下進行安全駕駛。自動駕駛車輛通過一系列傳感器，如雷達、激光掃描（LIDAR）和攝像鏡頭來收集環境數據。AI系統對這些數據進行分析，識別道路標誌、障礙物、行人和其他車輛。

環境感知是自動駕駛技術的關鍵組成部分。AI系統必須準確地解讀其傳感器所捕獲的數據，以便理解車輛周圍的環境，包括道路的邊界、其他車輛的位置和行人，甚至是更加複雜的交通條件。一旦環境被成功感知，AI系統需要做出決策。這涉及預測其他車輛和行人的行動，選擇安全的行駛路徑，並進行必要的操控，如加速、減速和轉向。

自動導航是自動駕駛車輛的另一項重要功能，這不僅包括在一般道路條件下的行駛，還包括複雜場景下的應對策

略，例如交通擠塞、交通事故和極端天氣的影響等。特斯拉（Tesla）的Autopilot（自動輔助駕駛）是最著名的自動駕駛系統之一，它使用先進的攝像鏡頭和傳感器系統實現在高速公路上的自動換道、自適應巡航控制和車道保持。

Google亦在開發相關技術，Waymo是Google母公司Alphabet旗下的自動駕駛技術開發公司，它的自動駕駛車輛在特定城市區域內提供無人駕駛出行服務，展示了完全自動化駕駛的潛力。而Uber在某些城市進行了自動駕駛的士的試行，雖然還在初期階段，但它展示了自動駕駛車輛技術如何融入共享經濟模式中。

◉ 提高道路使用效率

隨著城市化進程的加快和車輛數量的增加，交通擠塞的情況越來越常見。AI技術不但協助優化交通流量、提高道路使用效率，還能改善空氣質量，增加城市的整體可持續性。

這項技術的核心原理是通過分析大量交通數據來預測交通流量模式，並基於這些預測來優化交通訊號控制和道路使用，當中涉及到多種技術的結合，包括機器學習、數據挖掘、圖像識別和預測分析。

AI系統可實時分析來自交通攝像鏡頭、傳感器、全球定位系統（global positioning system, GPS）和社交媒體等多種來源的數據，並提供如車輛數量、行駛速度和交通流向的寶貴訊號。基於這些數據，AI可以建立預測模型，預測在不同時間段和條件下的交通流量模式，有助城市交通管理部門在交

通高峰期之前採取措施，避免或減輕交通擠塞。

美國匹茲堡市(Pittsburgh)就採用了基於AI的交通訊號優化系統，它能夠根據實時交通條件調整訊號燈的開關時長，從而減少擠塞和等候時間。在新加坡，政府利用AI分析各種交通數據來預測交通情況，並通過智能手機應用程式向公眾提供實時交通訊號，提醒駕駛者避免使用擠塞的路段。而在倫敦，AI技術優化了公共汽車的班次和路線規劃，通過分析乘客流量和交通條件，AI系統能夠實時調整公共汽車的發車間隔，確保公共汽車系統的高效運作。

優化交通流量不但可令路面保持暢通，更有助降低交通事故的風險，減少車輛碳排放，從而促進城市的可持續發展。事實上，交通暢通減少了居民的等候時間，亦提高他們的生活質量，更能促進經濟增長。

◉ 智慧物流管理

AI在物流方面的應用亦越趨成熟，智慧物流管理是利用AI技術來優化和革新物流及供應鏈管理的過程。隨著電子商務的迅猛發展和全球化供應鏈的擴張，物流行業面臨著前所未有的挑戰和機遇。AI在這領域的應用不僅提高了效率和準確性，而且大幅降低了成本，提升了客戶體驗。

在智慧物流管理中，AI被用來分析市場趨勢、消費者購買行為及季節性變化，從而準確預測未來的產品需求。這種預測可確保庫存水平符合市場需求，避免產品短缺或過剩的情況。AI技術亦可以分析歷史銷售數據和庫存水平，並結合

預測模型，以實現庫存的動態管理。這不僅提高了庫存的準確性，還能降低因過度庫存而導致的成本。

自動化和智能化的倉儲系統利用機器人、自動化設備和AI演算法來優化貨物儲存和撿貨過程。這不僅提高了效率，還降低了人工成本和錯誤率。AI系統也可以分析交通條件、配送時間窗口和運輸成本等，以規劃最佳的貨物運輸路徑，除了節省時間和成本，亦可減少對環境之影響。

在實際應用案例方面，亞馬遜（Amazon）使用先進的機械人技術和AI演算法來管理其龐大的倉儲系統。這些機械人能自動運送貨物，而AI系統則負責管理庫存和優化撿貨。物流公司UPS則利用稱為ORION（On-Road Integrated Optimization and Navigation）的系統來優化配送路線。該系統使用先進的演算法來分析數百萬種路線組合，以確定最有效的配送路徑。而阿里巴巴的物流子公司菜鳥網絡則是運用AI進行庫存預測和供應鏈優化，提高物流效率並減少運輸成本。

◉ 無人機運輸及配送

在當今的物流與運輸領域中，近年興起的無人機（unmanned aerial vehicle, UAV）成為創新和高效的運輸及配送方式，它不但快速、成本低廉且靈活度高，更能解決傳統運輸方式難以覆蓋偏遠地區的物流問題。

無人機的飛行路徑規劃是一項複雜的任務，它涉及多個瞬息萬變的條件。AI系統在此過程中的作用是通過複雜的演

算法來分析和計算最佳路徑。這些演算法考慮了各種因素，包括目的地、當前和預測的天氣條件、空域限制，甚至是其他航空流量。實際應用中，AI可以分析即時天氣數據並規劃路線，避開風暴或極端氣候區域，同時確保遵守所有航空法規和空域限制。AI系統還可以預測和計算能源消耗，以確保無人機有足夠的電量或燃料完成任務。這除了能提高無人機的運輸效率，還可確保整個運輸過程的安全性。

　　無人機在飛行過程中必須能夠準確定位並避開障礙物，這是通過結合GPS和其他感測技術來實現。GPS提供了精確的地理位置訊號，而其他傳感器（如雷達和紅外線攝像鏡頭）則用於感知周圍環境。AI系統實時分析從這些傳感器收集到的數據，識別可能出現的障礙物，如高樓、樹木或其他飛行物體。當無人機接近潛在障礙物時，AI系統會計算出能夠避開障礙物的最佳路徑，並自動調整無人機的飛行路線。這種實時避障能力對於無人機的安全飛行至關重要，尤其是在城市或其他複雜環境中。

　　AI在整個無人機配送過程中，從貨物的裝載到運輸過程中的監控，直至貨物的卸載，都扮演著重要角色。在裝載階段，AI系統可以幫助確定最有效的方式來裝載貨物，使空間利用率得以最大化並確保貨物的安全。在運輸過程中，無人機上的攝像鏡頭和傳感器不斷地收集數據，AI則用於監控貨物的狀態，確保貨物在運輸過程中安全無恙。此外，這些數據還可以用來優化未來的運輸任務，提高運輸效率。到達目的地後，AI系統可以協助無人機精確地卸載貨物，確保貨物安全送達並減少損壞風險。在某些情況下，AI還可以支持無

人機進行自主卸載，進一步提高配送效率。

　　亞馬遜開發的Prime Air無人機配送服務承諾在三十分鐘內將商品送給消費者。這項服務利用先進的AI技術來確保快速且精準的配送。UPS則透過其子公司Flight Forward，在特定地區實施無人機快遞服務，專注快速遞送醫療用品和樣本。此外，Zipline使用無人機運送醫療用品到非洲多國，包括偏遠地區，大幅降低了醫療物資配送的時間和成本。這些都是現時無人機配送應用的真實案例。

　　從飛行路徑規劃到實時導航和貨物管理，AI的應用不但令無人機運輸變得更加安全可靠，同時也提高了效率和經濟利益。相信無人機配送在未來的物流和供應鏈管理中將扮演越來越重要的角色。

Chapter 7 未來的人工智能：預測與趨勢

7.1 大數據與人工智能深度融合

　　當我們進入一個數據驅動的時代，大數據不僅成為了新的資產，也成為了決策過程中不可或缺的一部分。在這個背景下，AI的角色變得尤其重要。AI技術的進步使我們能夠更有效地利用這些數據，從而帶來前所未有的洞察和機遇。

　　現今的大數據分析已經在多個領域展示了其巨大的價值和潛力，無論從商業決策支持到公共政策制定，還是從消費者行為分析到科學研究。然而，隨著技術不斷發展和數據量爆炸式增長，未來的大數據分析將存在顯著的變化，這些變化不僅體現在分析的深度和闊度上，也體現在應用的多樣性和效率上。

◉ 數據分析的深度、質量和洞察力

　　當前，大數據分析主要依賴結構化的數據源，如數據庫和檔案紀錄，以及一些基本的非結構化數據源，如文字、圖片和影片。分析方法主要是基於傳統的統計模型和初級的機器學習技術。這些方法雖然有效，但在處理高度複雜和非結構化的數據時往往顯得力不從心。此外，大數據分析在某種程度上還是一個需要相對高專業技能的領域，分析過程往往耗時且成本高昂。

　　未來數據的產生速度將會越來越快，數據的類型和複雜度也將進一步增加。現在，社交媒體平台每分鐘產生的數據量已達驚人水平，智慧城市中的各種傳感器和物聯網(IoT)設

備亦在不斷產生大量數據。在這樣的背景下，傳統的數據處理方法顯然已經無法滿足需求，這就是AI技術發揮作用的地方。AI系統可通過自我學習和自我優化，不斷提升其處理數據的能力，從而加速處理更大規模的數據集。它亦可以實時分析數據，為用戶提供即時的洞察和決策支持。

未來的大數據分析將不再局限於現時的數據處理速度和規模，而是會更著眼於提升數據分析的深度和質量。這意味著AI除了能快速處理大量數據之外，還能從數據中提取更深層次的見解，揭示更細緻的趨勢和模式。AI這一能力將對預測市場動態、理解消費者行為、改進產品設計、優化服務流程等方面發揮重要作用。

此外，我們也將見證更多創新的數據視覺化（data visualization）工具的出現，這些工具將以前所未有的方式展現複雜數據的深層洞察。未來的數據視覺化不再只是將數據以圖表或圖形的形式呈現出來，而是變得更加直觀，甚至更具互動性和預測性。未來從龐大的數據集中提取訊號會變得更容易，並允許用戶以更自然的方式與數據互動，使非技術背景的用戶也能輕鬆理解和利用大數據分析的成果。

未來的AI系統將會更精準地預測個人和集體行為，這種能力將超越傳統數據分析方法的局限性，使我們能夠深入理解人類行為和社會動態的複雜性。

◉ 以AI和大數據打造的智慧城市

AI技術將極大提升居民的居住體驗，智能家居利用AI來

控制照明、溫度和空氣質量，它能夠學習居民的偏好，自動調節家庭設備，從而提供更加舒適便捷的居住環境。

__智能家居生活

想像一下，當你每天早晨醒來，你的生活已經被這種融合深刻地影響和改善。當太陽的第一縷光線穿透窗戶，你的智能床將分析你的睡眠質量，並自動調整床墊的硬度以確保你獲得最佳的休息。智能窗簾將根據你設定的喚醒時間自動打開，與此同時，智能喇叭播放著輕柔的音樂，開啟新的一天。

在你準備早餐時，智能冰箱根據你的健康數據和飲食偏好，推薦適合你的早餐菜單。個人健康助理應用程式則根據你的活動量、飲食和體徵(例如心率、脈搏、血壓等)，提供日常運動和飲食建議。這一切都是基於對大量健康數據的分析和學習所得出的結果。

當你出門上班，智能車輛已經根據實時交通數據規劃出最快的路線。在路上，智能交通系統能夠預測和避開交通擠塞的路段，令你更快到達目的地。而在你的辦公室，AI助理已經根據你的工作日程和優先事項規劃好當天的工作。

安全方面，智能家居系統配備了先進的安全監控設備，如智能攝像鏡頭和運動感應器，它們可以實時監控家居安全，並在有異常情況時立即通知你。智能門鎖系統允許你遠程控制門鎖，並可以識別家庭成員或訪客，提供便捷而安全的進出方式。

你擁有一個AI驅動的個人助理輔助你每天的消費決策，它能分析你的消費習慣、財務狀況和市場趨勢，為你提供個

性化的消費和投資建議。當你計劃購買一輛新車時，AI助理會根據你的財務狀況和未來市場趨勢，為你建議最合適的購車時機和款式。

回到家中，智能家居系統已經根據你的到達時間調整了室內溫度和照明。智能廚房助手根據你的飲食習慣和所剩食材提供了晚餐建議，甚至可以自動完成一部分烹飪工作。娛樂系統則根據你的觀看紀錄推薦電影，為你安排晚間的消閒娛樂節目。

在未來的生活，AI不僅提高了城市營運的效率，還將顯著提升居民的生活質量。試想像一個充滿活力、高效運轉且以人為本的智慧城市，這裡的每一項服務和設施都由先進的AI技術支持和優化。

智能城市管理

智能交通系統可實時分析交通數據，包括車輛流量、公共交通狀態和道路條件，並相應調整紅綠燈配時和交通路線，可預防或緩解交通擠塞，令市民出行更加順暢及省時。

城市的能源管理將變得更加智能和節能。AI將優化能源分配，如智能電網能夠根據需求實時調節電力分配，減少浪費。同時，AI系統還能夠監控和分析能源消耗數據，幫助企業更有效地利用能源，從而降低成本並減少對環境的影響。

AI技術在提升城市公共安全方面亦將發揮重要作用，通過在城市各處安裝智能攝像鏡頭和感測器，AI系統能夠實時監控城市安全狀況，快速響應各種緊急情況，包括交通事故、火災和其他公共安全事件等。同時亦可保障不同工作的

環境安全，例如在建築地盤安裝AI監視系統，利用監視器測量挖掘機跟工人的距離，以確保工人在安全範圍內工作。一旦工人過於靠近挖掘機，系統會在該工人所在位置發出警號。這類智能感應系統亦可應用在交通工具中，系統會偵測司機的臉部表情和動作，預防司機因使用手機或打瞌睡而造成交通事故。

__政府服務和政策之制定

醫療健康服務亦會因AI的引入而得以提升，AI透過分析大量的健康數據，不但能協助醫生進行更準確的診斷，還可建議個性化的治療方案。此外，智能健康監測系統能夠利用各種穿戴式設備或家用醫療設備(包括心率監測器、血糖計、活動追蹤器等)來持續追蹤市民的健康狀況，透過分析用戶的心跳、血壓、血糖水平、活動量等生理數據，可及時發現健康問題，以便盡早安排治療方案。

在環境保護方面，AI將幫助城市更有效地監控和管理環境資源。例如AI可以分析空氣和水質數據，及時檢測污染源，並幫助制定相應的環境保護措施。同時，AI也將在垃圾分類和回收中發揮作用，系統能夠識別和分類各種垃圾，不論是一般垃圾還是可回收物料。通過分析垃圾的大小、形狀、顏色和物料等特徵，系統自動將垃圾分類，分開塑料、紙張、金屬和有機廢物。這些應用有助於實現更環保、可持續的城市管理。

政策制定者除了參考傳統的調查和研究報告，更多是利用AI和大數據技術來獲取實時的、多維度的社會數據。政府可以通過分析社交媒體數據、經濟活動數據和公共服務數據

來獲取關於市民需求和意見的深入洞察。政府部門採用智能治理系統即時分析各種來源的大量數據，並根據這些數據提出具體的政策建議。這些系統還能預測政策實施的潛在影響和結果，幫助政策制定者做出更明智的決策。

香港政府正在積極利用AI和大數據技術來改進政策制定和提升公共服務。例如，政府推動服務數碼化，開放更多政府數據並制定相關政策和推動開放數據。同時，政府亦計劃推出結合了區塊鏈技術的電子牌照，利用AI提升公共安全，以及開發智慧搜救手機應用程式等，以數據驅動發展並推動智慧城市建設。

在社會福利領域，政策制定者利用AI分析各類社會數據，精準識別需要幫助的群體，並為他們提供定制化的服務。智能分析系統可以識別哪些家庭最需要社會援助，或者哪些地區需要更多的教育資源。

例如，在荷蘭鹿特丹（Rotterdam），工作與收入局利用大數據和AI技術來主動尋找求職市民，並為他們配對相關培訓和工作機會，從而提高服務的精準度和效率。中國內地也在利用大數據技術進行入息和資產審查，系統可判定申請社會救助的居民是否符合獲得援助的資格。

未來的政策制定還會具有預測性，通過AI分析過去和當前的數據趨勢，政府可以預測未來可能出現的問題和挑戰，並提前制定相應的策略和計劃來應對這些問題。

時代發展將以數據和智能為核心，重塑我們的日常生活。

7.2 AI 生成內容之進階應用

AI技術的快速成長，把我們帶入一個全新的創作和溝通時代，開始重塑創意媒體和藝術創作的方式，文學、繪畫、音樂及影視製作等創意產業利用機器學習生成獨特的藝術作品和創意內容。進入這一節，我們將一起揭開AI在未來創意產業中的神秘面紗，展望一個由智能驅動的創意新時代。

◉ 書籍、劇本、網絡媒體等的AI文本生成應用

AI在文本生成領域的進展已經對文章寫作和書籍出版產生了深遠的影響。隨著OpenAI的GPT系列等大型語言模型(LLM)迅速發展，AI現在不僅能夠輔助人類作家進行寫作，還能獨立完成某些類型的文本創作。這些技術的應用正在逐步改變傳統的寫作和出版流程，為這些領域帶來創新和革新。

在文章寫作方面，AI文本生成技術能夠根據特定的主題和風格要求生成文章。這對於需要快速產出大量內容的媒體和公司，如新聞網站、博客和內容營銷(content marketing)特別有用。AI系統能夠迅速從大量數據中提取訊號，生成結構化和富有邏輯性的文章，節省了大量的人工寫作時間。

此外，這些系統還能根據用戶反饋和讀者互動進行自我學習和優化，不斷提高生成內容的質量和相關性。

AI文本生成的應用在書籍出版方面可説是更多元化和深入。對於小説、非小説或學術著作等各類型的書籍，AI可以在多個階段提供協助。從概念構思、劇情發展到實際的文本撰寫，AI都能夠作出貢獻。特別是對於劇情複雜和需要大量背景研究的作品，AI的分析和生成能力可幫助作家節省大量的準備時間。

　　此外，AI還可以在書籍的編輯和校對階段發揮作用，幫助改善文本的流暢性和一致性。

　　劇本寫作是一項複雜且耗時的創意過程，涉及劇情構思、角色發展和對話創作。AI文本生成技術可以在這些方面提供協助，從而提高創作效率並激發新的創意。AI可以分析大量的劇本和文學作品，學習不同風格和敘事結構，並在此基礎上生成創意草稿或特定段落的文本。編劇可以提供一個基本的劇情大綱或主題作為出發點，AI接著生成初步的故事框架，包括角色概述、主要事件和可能的結局，不但加快了創作效率，還可以為編劇提供新的視角和靈感。

　　AI技術亦適用於劇本的修改和優化過程，通過分析整個劇本，AI可以識別劇情中不一致之處、過於平淡的對話或缺乏發展的角色，並提出改進建議。這不僅提高了劇本的質量，還可以幫助編劇從不同角度審視作品。

◉ 繪畫、雕塑、裝置藝術、數碼藝術等的AI圖像生成應用

　　AI圖像生成技術在繪畫和藝術作品領域的創新進展已成

為藝術創作的新前沿。這項技術不僅開啟了藝術創作的新可能性，也挑戰了傳統藝術的界限和定義。AI的介入在藝術界引發了一系列創新的探索和實驗，從而豐富了藝術表現的多樣性和深度。

AI圖像生成技術，特別是基於深度學習的生成對抗網絡（GAN），已經能夠創作出令人驚嘆的藝術作品。德國媒體藝術家Mario Klingemann的作品是其中一個著名的例子，他利用神經網絡深度學習技術分析古典藝術作品和現代圖像，並將它們融合，創造新的藝術形式。作品展示了古典藝術的細節和現代藝術的抽象元素的結合，創造出一種前所未有的視覺語言。

AI圖像生成除了應用在繪畫外，還可以用於雕塑、裝置藝術和數碼藝術等各種形式的創作中。AI能夠根據不同的藝術理念和創作需求，生成多樣化的視覺效果和形式。這種跨媒介的創作方式為藝術家提供了更大的創作空間。

在雕塑領域，AI圖像生成技術可以用於創造三維（3D）藝術作品。利用AI，藝術家能夠在虛擬環境中設計和模擬雕塑作品，甚至在真實世界中通過3D打印技術實現這些設計。

AI不僅能夠基於藝術家的初步概念提供設計建議，還能夠模擬不同材料和結構的物理特性，幫助藝術家在創作前預覽最終作品的外觀和質感。

OpenAI的Point-E是一個AI模型，專門用於從二維（2D）圖像生成三維對象的3D模型。這種技術能夠根據2D圖像生

成富有細節的3D結構，從而在雕塑和其他三維藝術作品的創作中發揮作用，例如Point-E可將一張普通的2D樹木圖像轉換成三維模型，從而在虛擬環境中創建出逼真的樹木模型。這顯示了AI在3D藝術創作領域的進展和應用潛力。

裝置藝術是一種將藝術作品與特定空間結合的藝術形式。AI圖像生成技術能夠根據空間的特點和藝術家的創作意圖，生成適合該空間的藝術裝置設計。例如AI可以分析空間的佈局、光線和觀眾流動路線，生成與空間相協調的視覺元素和佈局方案。這種應用可提高裝置藝術的創作效率，還豐富了作品與空間互動的方式。

生於土耳其的媒體藝術家Refik Anadol的作品利用機器學習演算法創造出動態視覺藝術，他的作品通常基於大量數據（如城市數據或自然現象數據）來創作視覺效果。

此外，Google的藝術和文化部門也推出了Art Palette，它是一個AI工具，透過分析每個作品最主要的五種顏色來搜索世界各地色彩相近的藝術作品，以展示不同藝術作品之間的視覺聯繫。

◉ 文字轉語音、模擬樂器或人聲、音樂創作等的 AI聲音生成應用

在AI聲音生成方面，它的應用不僅限於簡單的文字轉語音（text-to-speech, TTS）功能，還擴展到音樂創作、聲音特效、虛擬角色配音等多個方面。這些進步改變了聲音藝術的創作過程，而且也為多個行業帶來了創新的應用。

文字轉語音技術是AI聲音生成領域的基礎，目標是將文本資料轉換為清晰、自然的語音輸出。早期的TTS系統聲音僵硬、欠缺自然，但隨著AI技術進步，如今的TTS系統可以產生與真人極為接近的聲音。這些系統能夠根據上下文調整語速、語調和情感表達，廣泛應用於有聲書、導航系統、客戶服務機械人等範疇。

不知大家到外地旅遊時，有否試過使用手機或導航系統搜尋當地餐廳或街道，並因為語言障礙而感到困擾？為此，微軟研究院（Microsoft Research, MSR）早前開發了一款先進的TTS系統，該系統能學習使用者的一種語言口音，並以同一口音準確輸出不同語言。這項技術允許軟件學習人類的語言腔調，也令人們能以自己的口音學習說出各種語言。對於只會一種語言的旅人來說，他們可以使用自己的語音進行語音辨識和翻譯，然後由系統用相同的口音輸出不同語言的語音。

AI的一大創新應用是在音樂創作領域，利用機器學習演算法，AI可以分析大量的音樂作品，學習特定的音樂風格和節奏。基於這些學習，AI可以創作出符合特定風格或情感要求的音樂作品。

AI在音樂創作領域的應用不只模擬樂器聲音，它還能創造虛擬「歌手」，甚至模仿已故歌手的聲音，令他們的音樂「復活」。模仿已故歌手的聲音通常涉及使用機器學習演算法來分析該歌手的歌曲錄音。這些演算法能學習歌手的聲音特徵，如音調、音色和唱腔。然後AI系統利用這些學習到的特徵來合成新的歌曲，令這些歌曲聽起來像是由該已故歌手親

自演繹。

AI音樂創作工具的出現，為音樂家和作曲家提供了新的靈感來源和創作方法，使音樂創作變得更加多元化和高效率，但同時也引起了關於原創性和藝術價值的爭議。

儘管如此，大多數人仍然相信創作人不會被AI取代。AI被視為一種工具，為音樂家提供靈感和提升創作效率，而非取代人類的創意和情感表達。

在電影製作、遊戲開發和虛擬實境(VR)體驗中，AI也被用於生成各種聲音特效，包括背景音樂、環境聲音和角色語音等。特別是在虛擬角色配音方面，AI可以根據角色的性格特徵和情境需求，合成具有特定情感和語調的語音。這有助降低製作成本，亦可增加虛擬角色的逼真度。

未來由AI生成的聲音相信將更精細和多樣化。我們可以預見，AI不僅能夠模仿人類的聲音，還能夠創造出全新的聲音表達方式。這將對廣播、播客(podcast)、廣告行業產生深遠影響，並可能導致全新的藝術形式出現。

◉ 虛擬實境和角色的AI影像生成應用

AI生成技術之應用還包括影像生成領域，從電影製作到虛擬實境，從視覺效果到虛擬角色的創建，AI的影響力正逐漸滲透到影像創作的各個方面。

AI技術對電影視覺效果的創造起到了革命性的推動作用，它能夠創建出逼真的數碼場景，從繁花盛開的奇幻森

林到宏大的未來都市景觀。這些技術令視覺效果師能夠在無須實際拍攝的情況下，創建出幾乎無法與現實區分的影像。AI更可以生成真實世界中難以或無法實現的場景，例如外太空、古代城市或是想像中的奇幻世界。此外，AI在色彩校正、光影渲染、場景合成等後期製作環節中的應用，也大大提高了效率，使複雜的視覺效果變得更加容易實現。

虛擬角色的創建亦是AI影像生成技術的其中一個領域，藉著捕捉電影演員的過往表演並結合AI演算法，製作團隊能創建出逼真的虛擬角色。這些演算法能夠分析和學習大量的人類面部表情、語言和動作數據，而這些數據會被用來訓練AI模型，從而生成具有豐富表情和自然動作的虛擬角色。

進一步地，通過使用高階的圖像渲染技術，即使在不同的環境和光線條件下，仍能保持這些角色的逼真度。

虛擬角色在電影和電子遊戲領域的應用十分廣泛。在電影製作中，它們被用來創建難以或不能由真人演員執行的角色和場景，例如超級英雄電影中的異形角色或科幻電影中的外星生物。在電子遊戲中，這些虛擬角色提供了更加豐富和更多互動的遊戲體驗，它們能夠根據玩家的行為和決策做出複雜的反應。

虛擬角色在互動媒體和線上平台上也越來越常見。虛擬主播和虛擬網紅在社交媒體上逐漸流行，它們能夠進行現場互動，回應觀眾的評論，甚至表演歌曲或舞蹈。例如日本的

虛擬偶像初音未來（Hatsune Miku）是一個早期例子，她通過合成技術進行歌唱表演。

　　另一個當代例子是Lil Miquela，她是一個AI生成的虛擬網紅，在社交媒體上擁有大量追隨者，能跟人們互動並參與各種活動。這些虛擬角色為內容創作提供了新的可能性，令角色與觀眾之互動和娛樂更多元化。

7.3 區塊鏈與人工智能之協同作用

區塊鏈（blockchain）技術是一種分散式數據庫（distributed database, DDB）系統，它以獨特的方式儲存和記錄訊號。區塊鏈中，數據以一系列相互連接的「區塊」形式儲存，每個區塊包含一定數量的交易紀錄。這些區塊按時間順序連接在一起，形成了一個不斷增長的數據鏈，即所謂的「區塊鏈」。

◉ 區塊鏈技術的五個關鍵特點

__分散式（distributed）和去中心化（decentralized）

區塊鏈不依賴任何單一實體或中央伺服器來儲存數據。相反，它是分散式的，即是指數據庫被複製並分佈在整個網絡的多個節點（即電腦）上。這種去中心化結構增強了系統的透明性和安全性，因為沒有單一點可以控制整個網絡。

__不可篡改性

區塊鏈的一個重要特點是其數據一旦被記錄，就幾乎無法被更改或刪除。每個新區塊添加到鏈上之前，都需要網絡節點（node）的確認（consensus）和驗證（validation）。一旦完成添加，區塊內的數據將被永久記錄。這種不可篡改性令區塊鏈變得非常適合記錄交易、合同和其他重要訊號。

__透明性

由於區塊鏈的數據是公開的，任何人都可以查看區塊鏈上的交易紀錄和歷史，這增加了系統的透明度，讓用戶可以追蹤資產的流動和交易歷史。

__安全性

區塊鏈利用加密技術（encryption）來保護數據。每個區塊包含前一個區塊的加密散列（hash），以及自己的散列。這種連接方式令任何區塊的篡改都將導致後續所有區塊的散列失效，因此非常難以攻破。

__智能合約

智能合約是區塊鏈技術其中一個重要應用。智能合約是自動執行的合約，當預設條件被滿足時，合約內容會自動執行。這減少了中間人的必要性，並提供了一種高效和透明的方式來執行合約。

◉ 數據安全問題

在數碼時代，數據安全性成為了各行各業關注的核心議題，而AI在加強區塊鏈系統安全方面扮演了重要的角色。雖然區塊鏈技術自身以其不可篡改和加密的特性而聞名，但隨著技術的發展和應用範圍的擴大，它面臨著日益複雜的安全挑戰。這就是AI介入並發揮其力量的地方。

AI通過其先進的數據分析能力，能夠有效識別並預防潛在的安全威脅。例如，AI系統可以持續監控區塊鏈網絡，分析交易模式和用戶行為，從而及時發現異常活動，這些活動

可能暗示著試圖入侵系統或進行欺詐的行為。通過及時檢測並處理這些異常行為，AI有助阻止安全漏洞成為真正問題。

此外，AI在提升區塊鏈系統的安全性方面，還包括強化網絡交易的加密技術。AI演算法能夠生成更加複雜和安全的加密鑰匙（encryption key），這對於保護數據傳輸和儲存非常重要。這種強化的加密技術使區塊鏈系統更難被破解，從而提高了整體的安全性。

◉ AI自動化和優化應用

同時，AI還可以幫助優化區塊鏈網絡的設計和配置，通過分析大量的網絡數據和使用模式，AI可以幫助識別網絡中的潛在弱點，並提出改進措施。假設我們有一個區塊鏈網絡，該網絡由多個節點（即多個參與電腦）構成。這些節點在地理位置、運算能力和儲存容量等方面可能各不相同。AI可以分析這些節點的性能數據，如處理速度、響應時間和故障率，從而識別哪些節點效能較高，哪些可能成為性能瓶頸。基於這些分析，AI可以幫助網絡管理員重新配置節點的分佈，比如將交易驗證的負擔轉移至性能更強的節點，從而提高整個網絡的效率和可靠性。

隨著智能合約的應用日益廣泛，自動化和優化應用的需求日益上升。利用AI，我們可以對智能合約進行更精準的自動化處理。AI可以分析大量數據，預測和理解合約條款的執行可能性，並自動觸發合約執行。這種分析可基於靜態的條款設定之餘，還能夠考慮市場動態和實時數據，使合約的執行更加符合實際情況。這樣的自動化不僅提高了合約執行的

效率，也減少了因人為錯誤造成的風險。

AI在優化智能合約的設計和功能方面同樣發揮著重要作用。通過機器學習和數據分析，AI能夠識別智能合約中可能的漏洞和效率瓶頸。例如，它可以通過模式識別（pattern recognition）來預測哪些條款可能會引起爭議或執行問題，並提出修改建議。這種能力可提升合約的整體質量，亦使合約更適合複雜的交易環境。另外，傳統的智能合約往往對非專業人士來說難以理解，而AI技術可以將這些合約轉化為更易理解的格式，甚至能提供基於自然語言的合約解釋。這有助提高合約的透明度，亦令更多非技術背景的使用者能夠參與並利用智能合約。

◉ 去中心化的交易平台

AI與區塊鏈深度融合的另一大領域為去中心化的AI市場。這種市場利用區塊鏈的特性來創建一個透明、安全且去中心化的AI服務和產品交易平台。

在傳統的AI市場中，數據和AI模型通常被儲存在中央化伺服器（centralized server），這個做法除了增加數據被濫用或竊取的風險，亦令數據的擁有者難以完全控制自己擁有的數據。去中心化的AI市場通過在區塊鏈上創建交易和儲存數據，數據和AI模型均分佈在整個網絡中，令每位參與者都能在保證數據安全和隱私的前提下交易和共享數據。

區塊鏈技術在這個過程中發揮著至關重要的作用。首先，區塊鏈的不可篡改性確保了交易紀錄和數據的完整性和

透明度。其次，智能合約的使用允許自動化，無須第三方的介入來執行交易，令購買、銷售或租用AI模型和數據變得更加簡單和高效。此外，區塊鏈的去中心化特性還幫助降低了操作成本，小型企業和個人開發者也能夠參與市場，促進了創新和競爭。

去中心化的AI市場為用戶提供了前所未有的控制權和透明度，數據的擁有者可以確切地知道他們的數據被誰使用、如何使用，甚至還可以設定特定的使用條件。同時，這種市場結構還促進了數據和AI模型的民主化，令更多用戶能夠使用先進的AI技術，這在傳統的中心化市場中是難以實現的。

除此之外，區塊鏈技術可以結合AI來提供個性化服務，AI的數據分析能力可以深入理解用戶的偏好和行為模式，從而提供高度個性化的內容和服務。例如，在電子商務平台上，基於AI的推薦演算法能夠分析用戶的購物歷史和瀏覽行為，進而推薦用戶可能感興趣的產品。當這些演算法與區塊鏈技術結合時，不僅可以增強數據安全和隱私保護，還能提高推薦系統的透明度和可靠性。用戶可以享受到更安全、更貼近個人需求的購物體驗，同時對其數據的使用和分享有更大的控制權。

而在資產管理領域，AI可以分析大量的市場數據和趨勢，為投資者提供基於深度學習的預測和策略。這種能力特別適用於管理加密貨幣等基於區塊鏈的資產，因為這些資產的市場行為往往更加動態和難以預測。AI不單可以提供實時的市場分析，還能基於風險偏好自動調整投資組合，從而使投資回報得以最大化。

此外，結合區塊鏈技術管理資產的應用提高了交易的透明度和安全性，並減少了交易成本和時間，例如投資者可以利用區塊鏈技術即時跟蹤其資產的流動和表現，並通過智能合約自動執行交易。

7.4 元宇宙為人工智能的升級體驗

　　元宇宙（metaverse）是一個非常廣泛的概念，它指的是一個由多個互聯的虛擬空間組成的廣闊網絡，這些虛擬空間超越了現實世界的物理限制，提供了一個嶄新的交互和體驗平台。這個概念最初源於科幻文學，但隨著技術的發展，元宇宙已經開始成為現實中的一個重要趨勢。

◉ 元宇宙的沉浸式體驗

　　元宇宙是一種融合了虛擬實境（virtual reality, VR）、擴增實境（augmented reality, AR）、3D虛擬世界和互聯網技術的數碼環境，它的關鍵特徵之一是它的沉浸式體驗（immersive experience）。利用VR和AR技術，用戶可以深入到一個高度互動和生動的虛擬世界中。這個世界可以是完全虛構的，也可以跟現實世界互相連繫。用戶可以透過數碼化的形式（如虛擬化身）置身於虛擬世界，進行互動、交流、遊戲和工作。

　　這些虛擬空間不單可用於娛樂和社交，還涵蓋教育、商業、藝術等多個領域。元宇宙的另一個特徵是持續性，它不會因為用戶的離開而消失或暫停，而是像現實世界一樣，不斷地進行和演變。

　　AI在元宇宙中的一個主要應用是創建高度逼真的虛擬環

境，基於複雜的演算法和機器學習模型，AI可以生成細節豐富的景觀、逼真的人物角色和動態環境效果。這些元素結合在一起，可以創造出一個沉浸式且具吸引力的虛擬世界，使用戶彷彿置身其中。例如，虛擬旅遊應用的AI可以生成逼真的地標和自然景觀，令用戶體驗到身臨其境的旅遊感受。

除了提高真實感外，AI還在增進虛擬世界的互動性方面發揮作用。AI驅動的自然語言處理（NLP）技術令虛擬角色能夠與用戶進行自然、流暢的對話，令用戶在元宇宙中恍如跟真人交流一樣，可以與虛擬角色進行互動。

這種交流不再限於簡單的問答，而是包括能夠理解複雜語境和情感的對話，令元宇宙的用戶體驗更加真實，猶如身歷其境，亦即現時經常聽到的「沉浸式體驗」。

◉ 支援不同語言、表情、語調、動作的理解和生成

AI透過分析用戶使用的語言和互動模式，可以提供更個性化的體驗，例如AI根據用戶的興趣和過往對話來推薦內容、活動或交互方式。這種個性化除了令用戶感覺更被理解和重視，也大大提升了用戶在虛擬環境中的參與度和滿意度。

在全球化的元宇宙中，多語言支援亦是另一個提供升級體驗的關鍵。AI可以支援多種語言的理解和生成，使來自不同語言背景的用戶能夠輕鬆交流，這有助打破語言障礙，也促進了跨文化理解和交流。

除此之外，AI技術能夠捕捉和模仿人類的面部表情和

肢體語言。在元宇宙中，這意味著虛擬角色可以通過面部表情來傳達情感，比如微笑、皺眉或驚訝。這些表情不僅是模仿，更是根據與它們互動的用戶的行為和情感而動態生成的。同樣，肢體語言也被用來增強這種交流，如點頭、揮手或其他手勢，這些動作可以根據對話的前文後理自然地產生。

聲音和語調的模仿是AI模擬人類行為的另一重要方面。AI系統不單可以生成清晰的語音輸出，還能夠調整語調和節奏以適應不同的情緒和交流情境。例如，當虛擬角色需要表達同情時，它可能會使用更溫柔、更慢的語調，而在表達興奮或快樂時則會使用更快速、更活潑的語調。

AI的情感智能（emotional intelligence）令虛擬角色能夠識別和回應用戶的情緒。這種技術通過分析用戶的語音、文字輸入，甚至面部表情來判斷用戶的情緒狀態。因此，在元宇宙中，如果一個用戶顯示出悲傷或挫敗的情緒，與之互動的虛擬角色可以選擇安慰和支持的方式來回應，從而創建一種共情和相互理解的互動體驗。

◉ 虛擬身份

適應性交流是AI技術另一個引人注目的特點。在元宇宙中的虛擬角色不僅是被動地回應用戶輸入，它們還可以主動調整自己的行為和回應，以便更好地適應特定的用戶或情境。這種智能交流方式令虛擬角色能夠參與更加複雜和多維的對話，在與人類用戶的互動中顯得更加自然和真實。

在元宇宙中，每個用戶都可以擁有一個或多個虛擬身份，這些身份可以是虛擬化身，也可以是數碼代理人。AI技術能夠幫助用戶創建與自身特質相符合的化身之外，還能根據用戶的喜好、行為和互動紀錄，進行個性化調整和優化。

AI驅動的化身創建工具能夠提供廣泛的定制選項，從外觀特徵到個性特質，令用戶能夠創建一個真正代表自己的虛擬形象。這些化身可以在元宇宙中進行社交互動、參與活動，甚至進行交易，成為用戶在現實世界至虛擬世界的延伸。

一旦虛擬身份創建完成，維護和管理這些身份就成為了一項重要任務。AI在這方面的應用包括持續的個性化更新、社交互動的優化，以及在多個平台上保持身份的一致性。AI系統能夠分析用戶的互動數據，並根據這些數據調整化身的行為和反應，使其更加真實和自然。AI還能夠幫助用戶管理多個虛擬身份，有助用於不同的社交圈子或活動。

虛擬身份的隱私和安全是另一個重要議題。隨著元宇宙不斷擴展，保護用戶的虛擬身份免受未經授權的訪問和濫用變得至關重要。AI技術在這方面發揮著關鍵作用，它可以監測和識別任何異常行為或安全威脅，並迅速採取措施來保護用戶的虛擬身份。

◉ 虛擬貨幣和財產管理

在元宇宙這個新興的虛擬空間中，經濟活動的管理和運

作正在經歷一場由AI技術驅動的革命。這種變革特別明顯地體現在虛擬貨幣的設計和管理上。虛擬貨幣在元宇宙既是交易的基本單位，亦是經濟活動的核心。虛擬貨幣跟現實世界的貨幣相似，它在元宇宙的經濟體系內擔任著流通和交易的媒介角色。用戶可以通過虛擬貨幣購買虛擬物品，如服裝、裝飾品或其他數碼資產，也可以用它來參與元宇宙內的各種活動和服務。

藉著AI演算法來設計貨幣的發行機制，包括確定發行速度、量化供應總量和實施反通脹措施，有助維持虛擬經濟的穩定性，確保貨幣價值不會因過度膨脹或緊縮而波動。

其次，AI技術可以幫助識別和防止欺詐行為和市場操縱。通過監控交易模式和異常活動，AI系統能夠及時發現潛在的欺詐或不正當行為，並採取措施以保護用戶的利益和整體市場的健康。

在虛擬財產管理方面，AI的作用尤為顯著。隨著數碼藝術品和虛擬房地產等數碼資產興起，AI成為了評估、管理和交易這些資產的重要工具。在評估數碼藝術品的獨特性和價值方面，這需要對藝術品的視覺元素進行深入分析，包括風格、色彩、形狀和構圖。AI演算法可以對這些特徵進行細緻的分析，並與現有的數據庫進行比對，以確定作品的原創性和可能的市場價值。

此外，AI還可以分析過往的市場趨勢和用戶偏好，以預測特定藝術品的潛在受歡迎程度和價值。

至於虛擬房地產，AI的應用同樣多元化，它可以幫助用戶評估虛擬房地產的位置、大小、設計和鄰近設施等因素，並將這些因素與市場需求相結合以確定其價值。AI還可以預測特定區域的發展趨勢，幫助用戶做出更具前瞻性的投資決策。

Chapter **8** 為未來做準備：
如何適應AI
驅動的世界

8.1 在日常生活中探索 AI

在當今這個數碼化迅速發展的時代，AI已經成為我們日常生活中不可或缺的一部分，特別是在智能手機的應用領域，從基本的語音助手到高級的面部識別系統，充分展示AI技術為人們帶來的便利和無限可能。

◉ 語音助手

不少人每天都會用到Siri、Google助理和Alexa等語音助手來處理生活上的大小事項，這些AI驅動的助手可以幫助我們設置鬧鐘、提醒日程安排、查詢天氣，甚至回答各種問題，大大提升我們的生活效率。隨著這些語音助手的發展越趨成熟，它們現在能更準確地理解和回應我們的指令，令我們與機器的互動變得更加人性化和自然。

◉ 圖像識別

智能手機的相片管理系統也是AI技術的一大展示。現時許多智能手機都能自動分類和標記照片，識別出人物、地點，甚至物件。此功能除了為用戶節省了大量整理照片的時間外，同時亦提高了搜索照片的便利性。更進一步的應用，如智能美化、場景識別等，都在提升我們的攝影體驗。

◉ 人臉解鎖

人臉識別技術不但令手機解鎖更加便捷，也提高了手機的安全性。相比輸入密碼，人臉識別更能確保用戶身份。AI在這方面的應用不僅限於簡單的面部掃描，它還能學習用戶的面部特徵，例如兩眼的距離、顴骨形狀等，即使在光線不足或部分遮擋的情況下也能準確識別。

◉ 健康監測

現時我們可以利用智能手機作為健康監測，最新推出的智能手機不少都配備能夠追蹤用戶健康數據的傳感器，它們收集的數據由AI分析，幫助用戶監控心率、睡眠質量，甚至血氧水平。這些功能為用戶提供了方便的健康管理工具，某程度上亦促進了預防醫學（preventive medicine）的發展。

◉ 個性化購物體驗

AI在社交媒體平台的個性化內容推薦中也發揮著關鍵作用，相信大家都試過一旦在網上搜尋某種產品，之後在不同的社交平台都會自動出現該類產品的介紹內容。這些內容推薦除了基於你過去的購買行為進行運算，還會考慮到你在網站上的搜索歷史、瀏覽的產品類型，甚至是你在社交媒體上的喜好。

這種個性化的購物體驗既可節省用戶尋找產品的時間，還能協助用戶發掘一些之前沒有注意到的產品。如果你是一位攝影愛好者，AI系統可能會根據你過去對相機和攝影配件

的興趣，為你推薦最新的攝影裝備或相關的攝影書籍。

這種智能推薦系統不僅令用戶能更快地找到自己喜歡的內容和產品，也協助行銷團隊更精準地將廣告推薦給目標客戶，令行銷變得更高效和個性化。

個性化推薦還能在特殊節日或場合下發揮作用。假設你的朋友快將生日，AI系統可根據你朋友的性別、興趣、年齡或是你之前的購買習慣，推薦一些個人化的禮物，節省挑選的時間外，亦可揀選貼合對方需要和喜好的禮物。

◉ 聊天機器人

現時許多線上購物平台都開始使用AI驅動的聊天機器人來提供客戶服務，它們可以二十四小時回答用戶的查詢，處理退換貨請求，甚至推薦產品。這種即時的回應既可提升用戶的客戶服務體驗，亦可同時處理不同客戶的查詢，大大節省人力成本。

◉ 過濾虛假或違規內容

隨著資料流通越來越快和多，不少虛假資料混雜其中，此時AI在維護網絡環境的真實性和安全性中扮演著重要角色。AI通過機器學習和自然語言處理（NLP）技術分析帖子的真實性，當社交平台出現虛假新聞或欺詐訊號時，AI可以及時識別並過濾掉虛假或誤導性訊號，並給你一個重要警示，慎防受騙。AI亦可通過實時分析用戶行為和帖子內容，替用戶及時識別潛在的違規行為和有害內容，如暴力、欺凌和色

情等，並採取相應措施以減少犯錯的可能。

◉ 突破語言障礙

AI亦有助促進全球化，突破空間和語言的限制。一些社交平台使用AI技術來優化用戶介面和提供更加智能的互動功能，如語音識別和自動翻譯，令你能更輕鬆地與來自不同國家和文化背景的人進行交流。現時到海外旅行，你甚至可以用智能手機內的工具作媒介，跟當地人作簡單的溝通，協助解決旅途上各種因言語不通造成的問題，還能跟不同國家或地方的人建立友誼。

◉ 個性化娛樂推薦

智能電視、Netflix及YouTube等串流服務平台，正利用AI技術來分析用戶的觀看習慣和喜好，從而提供個性化的影視內容推薦。這種智能推薦系統能夠根據你過去的觀看紀錄和互動行為，預測你可能感興趣的新內容，從而大幅提高每位用戶發現喜歡內容的機率。如果你經常觀看科幻電影，那麼這些平台就會向你推薦類似題材的影片。

在音樂串流服務方面，如Spotify和Apple Music等平台也在利用AI技術來創建個性化的播放列表，根據你的聽歌習慣和喜好來推薦音樂。這種個性化的音樂推薦不僅使每位用戶能夠探索到新的藝術家和曲目，還能提供更加配合用戶心情和活動的音樂體驗。例如在你鍛煉身體時，這些應用程式會自動播放節奏較快的歌曲，而在晚上放鬆時則會選擇輕柔的旋律。

在我們探索AI的日常應用時，這些常見例子提醒我們AI技術已經深深植根於我們的日常生活中。從智能手機的多元功能到個性化的線上購物體驗，再到社交媒體平台的智能互動和個人化娛樂推薦，這些都是我們在日常生活中與AI互動的生動例子。這些技術為我們帶來了前所未有的便利，同時也提供了探索和學習AI應用的豐富機會。

每次我們利用語音助手設置提醒、通過智能推薦系統發現新產品，都是一個學習如何更好地利用這些工具來提升我們生活質量的契機。希望大家藉著與不同的AI系統互動，可激發大家對於AI如何運作的好奇心，繼而更加懂得運用它來改善生活，甚至提高工作效率，迎接未來AI帶來的機遇和挑戰。

8.2 體驗最新人工智能技術

　　我們現正生活在一個由智能工具和應用主導的世界，除了前文提及各種融入到我們個人生活中的日常應用之外，在商業和工業領域亦發揮著重要作用，應用範圍正迅速擴大。

　　當我們學會利用這些工具後，不但可提升生產力和效率，還能更好地理解和適應新興的數碼趨勢。無論是在職場上還是個人生活中，這些技術都能帶來顯著的便利和價值。因此，了解這些AI工具的功能，並學習如何將它們整合到我們日常生活的每個細節，將成為適應未來世界的關鍵。

◉ 聊天機械人(ChatGPT、POE、Siri)

　　首先，我們來看看聊天機械人系列。ChatGPT是一款由商業科研機構OpenAI開發的聊天機械人。ChatGPT在對話式AI(conversational AI)領域表現出色，能夠理解和生成自然語言，提供具有高度相關性和連貫性的回答。它可以用於各種場景，包括教育輔導、創意寫作、日常查詢，甚至技術支援。例如，學生可以使用ChatGPT來幫助理解複雜的學術概念，作家則可以利用它來激發創作靈感。

　　另一款值得關注的AI聊天機械人是由另一家公司Quora推出的POE(Platform for Open Exploration)。POE是一個全新

的互動平台，匯集了多種不同的AI聊天機械人，讓用戶可以直接與它們進行互動。這個平台的特點是給用戶提供了一個獨特的機會，可以探索和體驗各種不同的AI技術和對話式應用。

資訊查詢方面，AI聊天機械人已經成為我們最可靠的幫手之一。無論是需要最新的天氣預報、尋找附近的餐廳，還是對特定主題進行深入研究，AI聊天機械人都能迅速提供準確的答案。例如，當你問Siri「今天晚上的電影排行」時，它能夠快速提供答案之外，還能告訴你附近戲院的放映時間和位置。這樣的即時反應和便捷性，大大節省了用戶搜索和篩選資訊的時間。

而在任務自動化方面，AI聊天機械人同樣展示了它們的強大功能。從設置鬧鐘、提醒日程到管理電子郵件和自動回覆，AI聊天機械人能夠幫助我們有效地管理日常工作和個人生活。例如，你可以要求Google助理為你安排一週的會議日程，或是通過語音命令使它在特定時間提醒你重要的事項。這種智能化的任務管理不僅提高了工作效率，亦令我們的生活變得更有條理。

重要的是，這些AI聊天機械人正變得越來越容易獲得和方便使用。大多數智能設備和操作系統都已經內置或支援這些工具，用戶只需進行簡單的設置即可開始使用。此外，這些應用的用戶介面通常非常方便使用，即使對於智能技術不太熟悉的用戶來說，也能輕鬆上手。

◎ 翻譯工具(Google Translate、DeepL、Papago、iTranslate)

　　在語言翻譯應用方面，谷歌翻譯(Google Translate)是最廣為人知的AI翻譯應用之一。這款工具能夠線上提供文字翻譯之餘，還支持語音翻譯和圖片翻譯。你可以直接對著手機説話，Google Translate會將你的話語即時翻譯成另一種語言。此外，如果你在旅行中遇到了外文標誌或菜單，只需用手機拍照，Google Translate就能夠識別文字並提供翻譯，極大地方便了旅行者。

　　另一款值得關注的AI翻譯工具是DeepL。與其他翻譯工具相比，DeepL在翻譯質量上常常獲得更高的評價，尤其是在處理複雜句子和專業術語時。DeepL能夠理解和翻譯文本的語境，提供更加流暢自然的翻譯結果。它支持多種語言間的翻譯，並不斷更新以包含更多語言，令更多來自不同國家和地區的用戶受益。

　　除了這些主流工具，還有許多其他AI翻譯應用和平台正在不斷開發和完善中，如Papago、iTranslate等。這些工具不僅提供基本的文字和語音翻譯功能，還在不斷引入新功能，如圖片翻譯、手勢語言識別等，以滿足不同用戶的需求。

◎ 圖像和影片編輯工具(Photoshop、Canva、Luminar AI、RunwayML)

　　AI驅動的圖像和影片編輯工具正迅速成為創意行業的革命性力量，除了為創作者提高創作效率和品質，亦為專業人

士和業餘愛好者提供了前所未有的創意自由。以下例子都是常用的圖像和影片編輯工具，而近年更加入了AI功能，在它們固有的專業功能上發展出更驚人的創作潛力和技巧。

Adobe Photoshop的AI特性是一個絕佳例子，它展示了AI如何令圖像編輯變得更加高效和直觀。它的內容感知填充功能使用AI技術來分析圖像的背景和上下文，自動填充或移除不想要的元素。這種智能填充有助節省大量時間，而同時能保持圖像的自然美感，這對於需要快速處理大量圖片的專業攝影師和設計師來説尤其有用。

Photoshop的自動選擇工具還能夠智能地識別並選擇圖像中的物件和人物。以往這樣的選擇任務需要耗費大量時間進行手動操作，而現在，這個工具可以迅速且準確地完成，從而大大提升工作流程的效率。這種智能選擇技術對於分離複雜背景和編輯物件來説是巨大的突破。

在Canva平台，它利用AI來簡化設計過程，使非專業設計師也能輕鬆創建專業級的設計作品。例如，它的智能佈局助手會基於用戶的選擇，自動建議設計佈局，幫助用戶快速決定版面設計。這種AI引導的設計流程為用戶節省了時間之餘，還提高了設計的質量和吸引力。

Canva的AI色彩調和工具能夠根據圖像或設計元素自動生成色彩建議方案。這為色彩選擇提供了一個直觀的指導，特別對那些不熟悉色彩理論的用戶來説，這是一項非常有價值的功能。這種智能色彩匹配確保了設計的視覺和諧性，增強了整體的視覺吸引力。

另一方面，Luminar AI提供了一種全新的照片編輯方式，其重點在於利用先進的AI技術來簡化和加速編輯過程。這款軟件尤其擅長處理那些通常需要專業技能和大量時間投入的編輯任務。例如，它的天空增強工具可以自動識別照片中的天空部分並加以改善，無論是增強藍天的色彩，還是創造一個戲劇性的日落場景，都能在幾秒鐘內完成。

Luminar AI還提供了一項稱為「面部AI」的功能，這個工具專門用於改善人像照片，它可以自動識別照片中的人臉，並進行皮膚瑕疵修復、眼部增強和臉部線條調整等編輯。這意味著即使是攝影新手，也可以輕鬆創造出專業級的人像作品。

在影片編輯方面，RunwayML這個影片編輯平台為影片創作帶來了革命性的改變，它提供的一系列工具不單簡化了影片編輯的流程，還為創作者開啟了無限的創意和可能性。其中物件移除功能是RunwayML的一大亮點，用戶可以運用此功能輕鬆去除影片中不想要的物件或背景元素，無須進行繁瑣的手動編輯，特別適合用於清理拍攝場景或改變影片的焦點。

RunwayML的風格轉換功能則令影片創作者能夠將不同的藝術風格應用於他們的作品中。無論是模仿古典油畫的質感，還是現代藝術的風格，這項功能都能迅速實現，為影片帶來獨特的視覺效果。

智能裁剪是RunwayML另一項令人印象深刻的功能，它可以自動識別和保持影片中的重要元素，同時裁剪掉不必

要的部分。如是者，即使在後期製作階段對影片進行調整，也能確保重要內容不被遺漏。對於需要對影片進行格式調整或適應不同播放平台的創作者來說，這是一項極為實用的功能。

◉ 圖像生成工具(Midjourney、Stable Diffusion、DALL·E)

在圖像生成領域，AI技術正開啟著前所未有的可能性。從Midjourney到Stable Diffusion，再到OpenAI的DALL·E，這些先進的AI圖像生成工具正改變我們對視覺藝術的理解和創作方法。

Midjourney是一款先進的AI圖像生成工具，能夠根據用戶的描述生成高質量的圖像。這個平台使用深度學習演算法來解釋和轉化用戶輸入的文字描述，生成符合描述的視覺圖像。Midjourney的特點在於能夠處理複雜和抽象的概念，並轉化為具體且富有創意的圖像。

Stable Diffusion同樣是一個基於AI的圖像生成平台，它能夠根據用戶的指示生成豐富多樣的圖像。這個平台的強大之處在於它的多樣性和靈活性，能夠創造出從傳統藝術風格到現代設計的各種圖像。無論是重現古典繪畫風格，還是探索未來主義的視覺，Stable Diffusion都能提供高質量的結果。

DALL·E是OpenAI開發的一款創新AI圖像生成系統，以其驚人的創造力和高度的準確性聞名。DALL·E能夠根據用戶的文字描述生成令人讚歎的圖像，從而將文字內容轉化

為視覺藝術作品。DALL．E現正被應用於藝術創作和插畫設計，還在廣告、教育和娛樂等領域中發揮著重要作用。

◉ 影像生成工具(Stable Video Diffusion、Synthesia)

在當今這個視覺內容主導的時代，AI技術在影像生成領域的應用正在迅速發展，為視頻製作和內容創造帶來了革命性的變化。從將靜態圖像轉化為動態視頻的Stable Video Diffusion，到利用AI創造虛擬人物角色進行表演的Synthesia，這些創新工具正顯示出AI無限的潛力和多樣的應用前景。

Stable Video Diffusion是一種創新的AI影像生成工具，專門為轉化靜態圖像成動態影像而設。它利用了生成對抗網絡(GAN)來理解和處理靜態圖像的視覺元素，能夠將單一圖像或一系列靜態圖像，生成連續流暢且逼真的視頻片段。

用戶可以向Stable Video Diffusion提供特定的圖像，並附上具體的指令或描述，指明他們希望在最終視頻中看到的內容和效果。例如用戶可以提供一張自然風景的照片，並輸入指示讓工具生成一段顯示雲朵移動或日夜變化的影片。基於這些輸入，Stable Video Diffusion利用其AI演算法來生成視覺上連貫且符合用戶要求的動態影像。

它為動畫師和視覺效果藝術家提供了一種嶄新的工具，能夠快速創建複雜的動態場景，而無須從頭開始製作每一幀影像。

Synthesia是另一個由AI驅動的影像內容創建平台，它的核心功能是利用AI技術生成虛擬人物角色，令這些角色能夠按照用戶提供的劇本進行演講或表演。這種技術對於那些沒有專業演員資源或需要快速製作影片的用戶來説，提供了一個非常有效的解決方案。

在Synthesia平台上，用戶可以選擇不同的虛擬角色，並為其輸入一段文字劇本。AI技術隨後將這段劇本轉換成口語，並同步到選定的虛擬角色上，成品就像是該角色在自然地講話或表演。這種技術特別適用於製作教育和培訓視頻、企業演示、營銷材料，甚至是新聞報道。

其中一大亮點是Synthesia的多語言能力。這個平台支援多種語言的虛擬角色，用戶可以製作不同語言的影片，無須擔心語言障礙，亦無須尋找懂得多種語言的演員。這使Synthesia成為一個全球性的工具，特別適用於跨國公司和組織，他們可以使用這個平台來製作針對不同地區和語言群體的定制內容。

8.3 掌握人工智能原理及編程技術

AI已經成為了一個無處不在的話題，在各個領域的應用都在迅速擴展。因此，掌握AI的基本原理和學習AI的基礎能幫助我們更好地理解周圍的世界，還能為未來的職業生涯或個人興趣開啟新的可能性。

AI的概念往往被誤解或簡化，這導致許多人對於哪些應用屬於AI存在困惑。要清楚理解AI，首先需要知道AI的定義與其運作原理。

◉ AI的定義和運作原理

AI是電腦科學的一個分支，專注於創建能模仿人類智能行為的機器或軟件。這包括學習（從經驗中獲取知識）、推理（使用知識解決具體問題）、知覺（通過感官感知環境）和創造力（產生新的、原創的想法或解決方案）。AI的核心在於模仿人類大腦的決策過程。

AI的運作原理基於演算法和數據。演算法是一系列指令，指導電腦如何進行任務。這些演算法使電腦能夠從數據中學習、做出預測或決定。例如，機器學習演算法可以從大量數據中學習模式和規律，並應用這些學到的知識來做出預測或識別新的模式。

常見的AI應用包括語音識別（如智能助手Siri和Google助

理）、圖像識別（如相片分類和臉部識別系統）、自然語言處理（如機器翻譯和聊天機器人）及近年興起的文字、圖像及影像生成（如ChatGPT、Midjourney和Stable Diffusion）等。這些應用都涉及到從數據中學習並進行智能決策的過程，而這正是AI的核心特徵。

◉ AI編程語言（Python、R）

然而，由於AI技術日新月異且應用範圍廣泛，很多人在日常生活中使用AI技術時可能並不察覺。例如，當我們使用線上地圖規劃路線時，背後可能是複雜的AI演算法在分析交通數據和建議最佳路徑。

同樣，當我們在網上購物平台上看到個性化推薦時，這也是基於AI對我們過去行為的分析結果。理解這些AI基礎原理對於任何想要更深入了解這一領域的人來說都是必要的。

下一步就是熟悉AI編程語言，即是開發AI應用的基礎，它們提供了實現AI演算法和模型的工具。在這個領域，有兩種主要的編程語言特別受到重視：Python和R。這兩種語言各有其特點，適用於不同的AI開發需求。

Python由於其簡潔易懂的語法和強大的工具庫支持，已成為AI領域最受歡迎的編程語言之一。Python的特點在於其廣泛的應用生態系統，包括數據分析、機器學習、深度學習和自然語言處理。

Python擁有豐富的工具庫，如NumPy、Pandas、Scikit-

Learn、TensorFlow和PyTorch，這些都是AI開發中不可或缺的工具。

而R語言主要用於統計分析和數據可視化，是一種在學術研究和數據科學中廣泛使用的語言。R提供了一個強大的平台，用於處理和分析大型數據集，適合進行複雜的統計分析和機器學習任務。

R的一個重要特點是其強大的社群支持（包括學習資源的可用性、品質、更新的頻率、使用者群組的大小與多樣性，以及開發者的回應速度等）和豐富的工具庫，使它在數據科學領域中非常有用。

◉ 初階編程工具（ScratchJr、Scratch、App Inventor）

對於初學編程的小朋友而言，ScratchJr、Scratch和App Inventor等由麻省理工學院（Massachusetts Institute of Technology, MIT）團隊開發的工具是引領他們進入編程世界的絕佳途徑。這些工具特別適合年幼學習者，因為它們用直觀、互動的方式來教授編程概念，無須學習繁瑣的語法。

ScratchJr是針對五至七歲兒童設計的圖形化編程（graphical programming）平台，它提供一個簡化的介面，允許小朋友透過拖放（drag and drop）各種圖形化編程塊（block）來創建自己的故事和遊戲。例如，孩子們可以創建一個簡單的動畫故事，令角色移動、跳躍，甚至互動。

這種視覺化編程方法不僅令編程變得有趣，還可幫助孩子們發展早期的邏輯思維和解難能力。

Scratch是針對八歲及以上兒童設計的，它提供了更多功能和靈活性。孩子們可以利用Scratch創建更複雜的項目，如互動故事、動畫、遊戲和音樂。通過組合不同的編程塊，學習者可以讓角色進行互動、反應，以及完成各種任務。這種學習方式有助於培養創造力、系統性思維和合作能力。

而App Inventor則是為稍微大一點的年輕人或初學者設計的，專注於手機應用程式開發。這個平台讓學習者可以透過簡單的拖放介面來創建真實運作的Android應用程式。學習者可以製作各種項目，從簡單的小遊戲到實用工具，甚至是帶有基本AI功能的應用。App Inventor除了讓他們體驗實際的編程，還能激發他們探索科技潛力的熱情。

這些工具的共同特點是它們將編程概念視覺化，使學習者能夠透過實際操作來理解編程的基本原則。透過這種互動和探索式學習，孩子們能夠在遊戲和創作的過程中自然地學習編程。

這些工具令孩子們可輕鬆學習新技術，還有助於培養他們的創意、批判性思維和協作能力，這些都是在廿一世紀社會中極為重要的技能。

在掌握AI原理及編程技術的過程中，實踐機器學習演算法和探索AI應用開發工具是兩個關鍵環節。這些技能不僅使我們能夠深入理解AI技術的內部運作機制，還能夠幫助我們將理論應用於解決實際問題。

◉ 機器學習

機器學習是AI領域的一個核心分支，它涉及到讓機器從數據中學習和做出預測或決策。為了實踐這些演算法，我們需要通過一系列步驟來訓練和測試模型。

首先，我們需要收集和處理數據。機器學習項目中，數據是核心。數據的質量和數量將直接影響學習結果的準確性。我們需要清洗數據（包括識別、修正或刪除錯誤、不完整、不準確或無關的數據部分），然後處理缺失值（missing value），並將數據分為訓練集（training set）和測試集（testing set）。

接下來，選擇合適的機器學習演算法。不同的問題需要不同的演算法。例如〈2.1機械學習的基礎〉提及，對於分類問題，我們可能會選擇支持向量機（SVM）或決策樹；對於回歸問題，線性回歸或神經網絡可能更合適。我們還需要調整演算法的參數，以達到最佳的學習效果。

最後就是測試和評估模型。我們需要使用測試集來檢驗模型的性能，這通常涉及到計算準確率、召回率（英文為 recall rate，用來衡量模型識別出的正確實例佔所有實際相關實例的比例）或其他相關指標。根據測試結果，我們可能需要回到數據處理或演算法選擇階段進行調整。

◉ AI開發工具和框架（TensorFlow、PyTorch）

在AI領域，有許多工具和框架可以幫助我們更容易地開發和實現機器學習模型。這些工具提供了豐富的應用程式

開發介面(application programming interface, API)和函式庫(library)，令開發者能夠專注解決問題，而不是從頭開始編寫複雜的演算法。

TensorFlow和PyTorch是當今最流行的兩個AI開發框架。TensorFlow由Google開發，提供了強大的數據流圖(data flow diagram)功能，非常適合大規模的機器學習項目。它的靈活性和可擴展性令它在學術研究和工業應用中都非常受歡迎。PyTorch則以其易用性和動態計算圖(dynamic computation graph)聞名，特別適合於快速原型設計和實驗。

利用這些工具，開發者可以快速地構建和訓練神經網絡模型，並將它們應用於各種領域，如圖像識別、自然語言處理或遊戲AI。這些框架還提供了對GPU加速的支援，大大提升了計算效率。

◉ AI線上學習論壇(Reddit、Stack Overflow、GitHub)及課程(Coursera、edX、Udacity)

另一方面，參與AI社群和利用線上學習資源是進入AI領域的其中一個重要途徑。

線上論壇如Reddit、Stack Overflow和GitHub等，提供了一個分享知識、解決問題和討論最新AI趨勢的平台。這些論壇匯聚了來自世界各地的專業人士、學者和愛好者，他們分享自己的見解、研究成果和技術挑戰。在這些社群中，你可以找到豐富的資源，從基礎教程到高級專題討論，涵蓋了機器學習、深度學習、自然語言處理等多個領域。

而線上開放課程（massive open online course, MOOC）方面，Coursera、edX和Udacity等平台提供了由世界頂尖大學和機構提供的各種AI課程。這些課程往往由該領域的專家設計和教授，內容從入門到高級不等。課程不單教授理論知識，亦包含實際的編程練習和項目工作，幫助學生在實際應用中鞏固學習成果。

8.4 增強數碼素養和保護個人隱私的意識

隨著資訊科技迅速發展，我們的個人資料正在被廣泛地收集和處理，因此我們需要對數據保護有清晰的認識，以保護個人隱私和安全。

每當我們在線上購物、使用社交媒體，甚至進行網絡搜尋時，我們的個人資料就有可能被收集。這些資料包括我們的姓名、地址、購物習慣、瀏覽歷史等，它們對於企業來說是極具價值的資源。然而，如果這些數據沒有得到妥善處理和保護，就可能會對我們的隱私和安全構成威脅。

◉ 個人數據保護

為了保護個人資料，許多國家和地區已經制定了數據保護法規。香港的數據保護主要基於《個人資料(私隱)條例》(Personal Data (Privacy) Ordinance, PDPO)，這是一條全面的數據保護法例。該條例規定了數據用戶(即數據的收集者和處理者)必須遵守的原則，包括數據的收集目的、數據的準確性、數據的保存時間，以及數據的使用和披露。

任何收集個人數據的實體都必須清楚告知數據主體(即數據被收集者)的數據將如何被使用，並在無明確同意的情況下，不得將數據用於其他目的。此外，香港法律還要求數據用戶必須採取適當的安全措施，保護所收集的數據免受未經授權的存取和處理。

而歐盟的一般數據保護條例（General Data Protection Regulation, GDPR）規定了個人數據的收集、處理和儲存的標準。這些法規確保個人數據在不獲得用戶明確同意的情況下不會被濫用，並賦予個人對自己數據的控制權。

現今，無論是線上購物平台、社交媒體還是搜尋引擎，幾乎所有的數碼服務都在收集用戶的個人數據。這些數據通常被用來提供個人化的服務和內容，如產品推薦和廣告投遞。然而，這也引發了對數據濫用和隱私洩露的擔憂。

作為個人用戶，我們應該採取措施保護自己的數據。使用強密碼是保護個人賬戶安全的第一道防線。一個強密碼應該包含字母（大寫和小寫）、數字和特殊符號的組合。這樣的組合使密碼難以被猜測或破解。建議密碼長度至少為8位，並且避免使用容易被人猜到的數字或字母組合，如生日、家庭成員的名字等。此外，建議不要在多個網站或應用上重複使用相同的密碼，亦應定期更換密碼，以提高安全性。

雙重因素認證（two-factor authentication, 2FA）是提高賬戶安全的另一重要手段。這種方法要求用戶在輸入密碼之外，再提供另一種身份驗證，例如手機短訊中的一次性代碼或指紋。即使攻擊者擁有你的密碼，沒有第二重驗證，他們也無法訪問你的賬戶。開啟2FA是對抗未經授權訪問的有效方法。

◉ 網絡欺詐、社交工程攻擊和身份盜用

在網絡瀏覽方面，應避免訪問不安全或可疑的網站。使

用安全的瀏覽器，並安裝防病毒軟件和防火牆，可以幫助識別和阻止惡意軟件及網絡攻擊。同時，不要隨意點擊未知來源的鏈接或下載未知來源的附件。使用虛擬私人網絡（VPN）可以進一步保護你的瀏覽活動被未經授權的第三方監視。

網絡釣魚是一種常見的欺詐手段，攻擊者通過假冒可信任的實體（如銀行、社交網站或政府機構）發送電子郵件或訊息，試圖誘使受害者提供敏感資料，例如賬號密碼、銀行賬號或個人身份資料。識別網絡釣魚攻擊的關鍵在於保持警覺，注意郵件或訊息中的細節，如寄件人地址、拼寫錯誤和不尋常的請求。合法機構不太可能通過電子郵件要求提供敏感資料。騙子通常會創造一種緊迫感，要求你立即採取行動，這也是一個警示訊號。

線上購物詐騙同樣普遍。在網上購物時，應選擇知名和信譽良好的購物平台。對於未知或新出現的購物網站，應先進行研究，檢查用戶評論和信譽。要警惕那些價格遠低於市場價格的商品，這可能是詐騙的跡象。在付款時，確保網站的支付頁面是安全的（通常網址會以「https」開首），並使用信用卡或有保障的線上支付方法，以便在受騙時能夠追回損失。

社交工程攻擊是利用人類心理弱點來獲取資料或資金的策略。攻擊者可能會編造一個故事，以求助、慈善捐款或其他形式的請求來誘騙受害者。防範這類攻擊的關鍵是保持懷疑態度，不要輕信來歷不明的請求。在捐款或提供幫助前，應先進行背景調查，確認組織或個人的真實性。

　　身份盜用是一種嚴重的犯罪行為，攻擊者有可能利用你的個人資料開設銀行賬戶、申請信用卡，甚至犯罪。保護個人資料的方法包括定期檢查銀行和信用卡對賬單，注意任何未經授權的交易。我們應定期檢查信用報告，以及使用強密碼和不同的密碼組合來保護各種線上賬號。

　　隨著AI系統變得越來越先進，並需要大量數據來訓練和改進其演算法，無可避免衍生出個人隱私和數據偏見的問題。

　　AI系統收集的數據往往包括個人資料，如線上行為、位置數據、個人偏好等。這些資料的收集和使用引發了隱私問題，特別是當用戶未能充分了解其數據被使用的方式和目的時，因此透明度成為一個關鍵問題。用戶有權知道他們的數據如何被收集、儲存和使用，以及他們可以如何控制自己的數據。

　　AI系統的另一個潛在問題是數據偏見。如果訓練數據存在偏見，AI系統在決策過程中也可能展現出偏見，導致不公平或歧視性的結果。例如，在招聘、信貸批核和執法等領域，基於偏見數據訓練的AI系統可能會不公平地對待某些群體。因此，清晰地理解和處理訓練數據中的偏見十分重要。

　　AI技術在提供個性化服務方面的應用日益增多。從個性化廣告到推薦系統，這些應用都依賴個人數據的收集和分析。然而，這也帶來了數據安全的挑戰。未經充分保護的數據可能會被黑客攻擊，導致敏感資料外洩。因此，加強數據安全措施，如加密技術和安全協議，對於保護用戶數據同樣

重要。

　　AI技術的影響範圍正在不斷擴大，故此討論AI的倫理和責任變得越來越重要。從自動駕駛汽車到健康護理系統，AI的決策可以對人們的生活產生深遠的影響。因此，開發和部署AI系統時必須考慮到倫理問題，如透明度、公正性和責任。這要求政策制定者、開發者和利益相關者共同合作，建立相關的倫理準則和法規。當中涉及數據的合法收集、使用和共享，以及確保數據處理遵循法律和道德標準。國家和國際層面的政策和法律框架需要不斷更新，以應對AI技術的快速發展和相關的數據使用挑戰。

如欲了解更多網絡資訊系統安全知識，可參考《安全上網——智能時代的風險與自我保護》一書。

總結

超人工智能(artificial super intelligence, ASI)時代快來臨，你相信嗎？

一切要由弱人工智能(artificial narrow intelligence, ANI)開始說起。這級別的AI是指專注於執行特定任務的AI系統。這類AI並不具備真正的智能或自我意識，它們只能在特定領域或任務上表現出人類水平或超越人類水平的能力。弱人工智能的特點是專注、有限和專一，無法像人類那樣進行廣泛的思考或應對多種不同的問題。

一個典型的弱人工智能應用例子是個人語音助理，如Apple的Siri、Amazon的Alexa和Google助手。這些語音助理能夠在特定範圍內執行多種任務，例如設定鬧鐘、回答問題、播放音樂或控制智能家居裝置。它們能夠理解自然語言並作出回應，這是通過分析大量數據和機器學習演算法來實現的。

以Google助手為例，當用戶說出：「Hey Google，明天早上8點叫醒我。」Google助手會識別和理解這句話的語言結構，並啟動相應的功能設定鬧鐘。在這過程，Google助手利用了語音識別技術將語音轉換為文字，藉自然語言處理(NLP)技術來理解該文字的含義，並最終執行相應的動作。這一過程表明了AI在特定任務上的專精和高效性，但Google助手無法進行更複雜的人類智能活動，例如進行抽象思考或

展現真正的情感理解。

　　強人工智能(artificial general intelligence, AGI)又稱通用人工智能，是一種理論上的AI類型，它擁有類似於人類的理解能力和智能水平。AGI能夠在多個領域學習、適應和執行任務，不像弱人工智能那樣只限於某一特定領域或任務。AGI的目標是創建能夠理解、學習和運用知識的機器，就像一個成年人一樣能在多個領域內靈活運用其智能。

　　現階段，我們還沒有完全達到真正的AGI。目前的AI系統，包括最先進的模型，仍然屬於弱人工智能的範疇，它們在特定任務上表現出色，但無法跨領域靈活應用智能。然而，AGI的概念和研究正在推動科學家和工程師創造更加靈活和多功能的AI系統。

　　如果實現了AGI，這種智能體將能夠在多個不同的領域和環境中自主學習和適應。例如，它可以像人類學生一樣學習語言，然後轉換到解決複雜的數學問題，又能理解和表達情感。這種類型的AI將能夠進行創造性思考、解決問題和做出道德判斷，這些都是當前AI無法達到的。

　　全球對AGI的看法是複雜且多元的。一方面，許多專家和科學家對AGI的潛力感到興奮，認為它將開啟人類歷史上一個新的篇章，為各行各業帶來革命性的變化。另邊廂，也有專家對AGI的未來發展表示擔憂，特別是關於它可能帶來的倫理、社會和安全問題。

　　而超人工智能(artificial super intelligence, ASI)是一個假想中的AI階段，指的是在所有智力領域(包括創造力、問題

解決和情感智能)均超越人類智力的機器。ASI將比今天最聰明、最有才能的人類具有更高的智力能力,它不單可以學習和適應,還能自我改進和創新。

ASI的出現有可能帶來許多好處,例如它能提供解決目前人類無法解決的複雜問題的方案,如疾病治療、氣候變化等。它有可能創造新的技術和知識領域,大幅提高人類生活質量,並推動科學和技術的快速發展。在經濟上,ASI有可能為生產力帶來前所未有的提升。

然而,ASI也有可能帶來一些嚴重的風險和挑戰。如果不妥善管理,ASI或許會對人類自主性和控制權造成威脅。它有可能在道德和社會結構上帶來深遠的變化,甚至出現對人類不利的情況。如果ASI發展出與人類價值觀不同的目標和優先順序,將導致不可預知的後果。

關於未來世界與ASI的共存,是一個複雜且充滿未知的話題。ASI可能會改變我們對工作、社會結構,甚至人類角色的看法。它有可能使某些工作變得過時,但同時也有可能創造新的行業和機遇。未來社會需要重新思考經濟、教育和政策,以適應這種新的智能形式。

現時為止,ASI的概念仍然是理論上的層次,並且帶來了許多有關其潛力影響的猜測和討論。它的發展需要謹慎的考量,特別是要確保它與人類價值和目標保持一致。未來的路還很長,但對ASI的探索將繼續是AI研究的一個重要和具挑戰性的領域。

隨著AI的發展,我們站在了一個新的時代門檻上。從弱

人工智能到強人工智能，再到超人工智能，每一次進步都是技術的飛躍，而且更是對人類理解、思考和創造能力的深刻挑戰。這一路走來，我們見證了AI從簡單的任務自動化演進到能夠解決複雜的問題，每一步都彰顯著人類對未知世界的勇敢探索。

現在，超人工智能的概念讓我們敞開了想像的翅膀，讓我們思考一個遠超現有智慧的AI如何與人類共生，甚至引領人類進入未知的未來。這是科學家和技術專家的任務，也是每一個人的機會和挑戰。

對於年輕一代來説，現在正是學習和準備的最佳時機。我們不應局限於傳統學科的框架內，而是要積極探索跨學科的知識，從人文到科學，從藝術到工程，為的是隨時準備迎接AI帶來的變革。正如俗語所説：「機會是留給有準備的人」，在AI的時代，我會認為，未來或許更屬於那些「有勇氣想像和願意擁抱新知識的年輕人」。

後記

　　在寫作這本書的過程中，我經常被問道：是否有使用ChatGPT來寫作？答案是有，但並非如你想像的那樣直接。當我開始這個項目時，ChatGPT的最新版本是GPT-3.5，這是一款強大的工具，但也有它的局限性。它在某些任務表現優秀，例如語言翻譯和簡單的問題解答，但在處理複雜問題和創造全新內容時常常力不從心。

　　然後，隨著GPT-4.0的問世，模型變得更為強大和精準。這個版本在理解複雜的查詢和生成更連貫的內容方面有了顯著進步。不過，即使是這樣的進步，也不能直接生成一整本書。寫書不只是將文字堆砌在一起，它需要一個清晰的結構，每一章都要有明確的意圖和深思熟慮的例子，且每個事實都要經過細心核對來確保準確性。

　　在這本書的撰寫過程中，ChatGPT成為了我不可或缺的合作伙伴，它幫助我進行腦力激盪（brainstorming），生成創意，並對我的語法進行修正和提供建議。它大大加快了寫作的進程，讓我能更集中精力於書本的結構和內容的精緻化。

　　我深信AI在短時間內不會取代人類。AI無疑是一個強大的工具，但它需要人類的指導和創造性思維來引導其發展方向。

如果你不學習如何運用AI，你的競爭力確實可能會降低。AI時代的來臨，給我們帶來了無限的可能，但同時也提醒我們必須不斷學習和適應。

　　所以，你還在等什麼？

AI全解讀

人工智能的基本原理、技術發展、現實應用和未來挑戰

作　　者	Dr. Jackei Wong
總 編 輯	葉海旋
編　　輯	李小媚
助理編輯	鄧芷晴
書籍設計	馬高
封面及內文圖片	Shutterstock
出　　版	花千樹出版有限公司
地　　址	九龍深水埗元州街290-296號1104室
電　　郵	info@arcadiapress.com.hk
網　　址	www.arcadiapress.com.hk
印　　刷	美雅印刷製本有限公司
初　　版	2024年5月
I S B N	978-988-8789-27-6